Claudia Piñeiro

Wer nicht?

Erzählungen

Aus dem Spanischen
von Peter Kultzen

Unionsverlag

Die Originalausgabe erschien 2018 im Verlag Alfaguara, Buenos Aires.
Deutsche Erstausgabe

Dieses Werk wurde im Rahmen des »Sur«-Programms zur Förderung
von Übersetzungen des Außenministeriums der Republik Argentinien verlegt.
Obra editada en el marco del Programa »Sur«
de Apoyo a las Traducciones del Ministerio de Relaciones Exteriores,
Comercio Internacional y Culto de la República Argentina.

Im Internet
Aktuelle Informationen, Dokumente und Materialien
zu Claudia Piñeiro und diesem Buch
www.unionsverlag.com

Der Unionsverlag wird vom Bundesamt für Kultur mit einem
Verlagsförderungs-Strukturbeitrag für die Jahre 2016–2020 unterstützt.

Auch als E-Book erhältlich

Inhalt

Für alle, die imstande sind,
sich in andere hineinzuversetzen, ob sie nun
seltsam sind oder nicht

Bei Papa

Wäre heute kein besonderer Tag, würde Julián einfach einen Schlüsselbund aus dem Kasten im Maklerbüro nehmen, den Kasten abschließen, das Rollo runterlassen, das Licht ausschalten und rausgehen. So wie jeden Abend, seit er sich vor fünf Monaten von Silvia getrennt hat. Bei sich hätte er bloß die Sporttasche von dem Verein *Estudiantes de La Plata,* angeblich, um zum Training zu gehen – in Wirklichkeit stecken seine nötigsten paar Sachen darin. Aber heute hat sein Sohn Tomás Geburtstag, und Silvia hat verfügt, dass sein Großer aus diesem Anlass zum ersten Mal seit der Trennung bei ihm übernachten soll. Genauer gesagt werden beide Kinder bei ihm übernachten, Tomás und Anita. Da hat Silvia nicht mit sich reden lassen. Und ihm ist anders als sonst keine Ausrede eingefallen, um das Thema seiner neuen Adresse zu umschiffen. Selbst die Tatsache, dass Silvia, und nicht er, die Ehe seinerzeit für beendet erklärt hatte – bislang bei allen Auseinandersetzungen ein argumentativer Vorteil –, schien auf einmal bedeutungslos. Seit sie eines Tages zu ihm gesagt hatte, »ich möchte, dass du gehst«, drehte er sich orientierungslos im Kreis, unfähig zu begreifen, warum auf einmal aufgelöst werden sollte, was sie fünfzehn Jahre lang gemeinsam aufgebaut hatten. Hatten sie es gemeinsam aufgebaut? Und was genau hatten sie aufgebaut? Er wusste keine Antwort. Er begreift es bis heute nicht, dafür hat er die Hoffnung nicht aufgegeben, Silvias Gründe für den Hinauswurf könnten sich irgendwann von selbst erledigen. Egal was, selbst wenn ein anderer Mann der Grund war. Eben deshalb hat Julián die Wohnungsfrage bis heute nicht gelöst. Auch fünf Monate nach ihrer Trennung hat er nicht das Gefühl, getrennt zu sein. Ja, er war sogar davon ausgegangen, dass sie Tomás' Geburtstag zusammen feiern würden, er, Silvia und die Kinder, zu Hause, in ihrem gemeinsamen Zuhause. Er hatte sich gesagt, dass das die ideale Gelegenheit sein würde, um wieder zusammenzufinden. Silvia schien sich jedoch genau das Gegenteil gesagt zu haben. Was sie auch unmissverständlich zum Ausdruck brachte, in Anwesenheit der Kinder und bevor er sich selbst dazu äußern konnte. Wahrscheinlich wollte sie ihm keine andere Wahl lassen: »Heute schlaft ihr bei Papa.« Sie wusste ja nicht, dass es so was wie »bei Papa« nicht gibt. Dass er vielmehr Abend für Abend einen Schlüsselbund aus dem Kasten im Maklerbüro nimmt, um anschließend in ständig wechselnden Wohnungen seinen Schlafsack auszurollen.

Den Schlüsselkasten hat er vor Jahren selbst eingeführt, kurz nachdem er im Maklerbüro Rosetti zu arbeiten angefangen hatte. Damals hatte es bloß zwei Schachteln gegeben, eine für die Schlüssel von Mietwohnungen, die andere für die von Wohnungen, die zu verkaufen waren. Jeder Schlüsselbund war mit einem durchsichtigen Plastikanhänger mit dem Logo des Maklerbüros versehen. Durch einen kleinen Schlitz konnte man einen Zettel mit der Adresse der dazugehörigen Wohnung in den Anhänger schieben. Julián fand das nicht nur unpraktisch, sondern auch riskant. Wie unpraktisch es war, zeigte sich, wenn ein Mitarbeiter wieder einmal eine halbe Ewigkeit brauchte, bis er, oft unter den erstaunten und genervten Blicken der Kundschaft, den gesuchten Schlüssel in dem Durcheinander der jeweiligen Schachtel gefunden hatte. Endgültig überzeugte Julián den Besitzer des Maklerbüros aber, indem er ihm ausmalte, was alles passieren konnte, falls ein so ausgestatteter Schlüsselbund verloren ging und in falsche Hände geriet. »Herr Rosetti, heutzutage kann man doch nicht mehr mit einem Schlüsselbund mit der Adresse dran auf der Straße rumlaufen, die Zeiten sind vorbei«, hatte er mit seinen gerade fünfundzwanzig Jahren verkündet. Um einiges anmaßender und selbstbewusster als der unsichere Mann, der er heute, zwanzig Jahre danach, ist, obwohl der Besitzer sich inzwischen zurückgezogen und die Leitung des Familienunternehmens – »ich vertraue Ihnen blind« – in seine Hände gelegt hat. Rosetti hatte seinerzeit den Vorschlag des vom altgedienten Rest der Angestellten argwöhnisch und eifersüchtig beäugten jungen Neuankömmlings angenommen und die angestammte Aufbewahrungsmethode aufgegeben, weil Julián einfach recht hatte. Die Anfertigung folgte Juliáns Entwurf – ein Hängeschrank mit Glastür, der im Inneren mit Haken ausgestattet war. Verkaufsobjekte bekamen rote, Mietobjekte blaue Anhänger. Außerdem wurden die Schlüsselbünde mit wasserfestem Marker nummeriert. Zu jeder Nummer existierte eine Akte mit Adresse und Details der dazugehörigen Immobilie. Mithilfe dieses Kastens hat Julián in den vergangenen fünf Monaten seine Schlafplätze ausgewählt. Dabei hat er sich bemüht, nie zweimal nacheinander denselben Ort und möglichst auch nicht dasselbe Viertel aufzusuchen. Um sich gar nicht erst mit einem davon anzufreunden, schließlich ist er nur auf Durchreise, auf dem Weg zurück nach Hause.

Vorläufig wird daraus aber offenbar nichts. Und auch wenn sich das später noch ändern könnte – heute ist erst einmal Tomás' Geburtstag, und seine beiden Kinder werden bei ihm übernachten. Darum kann er jetzt beim Verlassen des Büros nicht irgendeinen Schlüsselbund auswählen. *Er* kann durchaus auf dem Boden eines völlig leeren Zimmers schlafen, aber nicht die Kinder. Die zur Verfügung stehenden möblierten Wohnungen hat man in aller Eile hergerichtet, um eine unangemessen hohe Miete kassieren zu können. Sie wirken alles andere als gemütlich. Die zum Verkauf stehenden Wohnungen sind dagegen zum größten Teil leer. Einzig die Wohnung in der Calle República de la India entspricht halbwegs dem, was Julián heute Nacht braucht, also entscheidet er sich für sie. Diese Wohnung wird schon seit drei Jahren angeboten, allerdings zu einem überdurchschnittlich hohen Preis, als wollten die Besitzer gar nicht verkaufen. Sie enthält ein paar wenige durchaus geschmackvolle Möbel, die abgeholt werden sollen, sobald ein konkretes Kaufangebot vorliegt. Von dem, was diesen Ort einst zu einem »Heim« gemacht hat, ist zwar nicht viel übrig, aber doch immerhin genug, um als »bei Papa« durchgehen zu können.

Wäre heute kein besonderer Tag, würde George Mac Laughlin seinen möglicherweise letzten Aufenthalt in Buenos Aires nutzen, um in der Bar in der Calle San Martín einen Whisky zu trinken, so wie früher immer, aber das ist schon sehr lange her. Abend für Abend ließ er sich dort, bevor er vom Büro nach Hause zurückkehrte, auf einem Hocker an der Theke nieder. Und ohne dass er ein Wort zu sagen brauchte, stellte der Kellner ein Glas schottischen Whisky mit Eis vor ihm ab. Dieses Ritual hatte er sich angewöhnt, als er noch Junior-Finanzmanager bei dem Getreidekonzern war, und es nach seinem Aufstieg zum Generaldirektor beibehalten. Später kam die Versetzung nach London. Sonia, seine Frau, konnte sich mit der Idee nicht anfreunden. Also lebten er und seine Familie fortan immer wieder monatelang voneinander getrennt, er in London, die anderen in Buenos Aires. Eine Geliebte. Zwei, drei. Schließlich lernte er Barbra kennen, verliebte sich in sie, und als sie schwanger war, beschloss er, in England eine neue Familie zu gründen und seine argentinische Familie hinter sich zu lassen – seine Frau, von der er sich längst entfremdet hatte, und seinen Sohn Charlie, der sich alle Mühe gab, jedes Mal gerade dann nicht in Buenos Aires zu sein, wenn er zu Besuch kam. Barbra hatte nach fünf Monaten eine Fehlgeburt. Noch einmal ein Kind zu bekommen, versuchten sie nicht, trotzdem hatte ihre Beziehung Bestand. Jahrelang versuchte George, den Kontakt zu Charlie aufrechtzuerhalten, anfangs flog er jeden Monat nach Argentinien, dann alle drei Monate, später einmal im Halbjahr. Er nahm ihn nach London mit, damit er die Ferien bei ihnen verbrachte. Oder hätte ihn gerne mitgenommen. Natürlich überwies er auch stets pünktlich die vereinbarten Unterhaltszahlungen, oder auch mehr, wenn Charlie oder seine Mutter darum baten. Darum fällt es ihm auch immer noch schwer, zu begreifen, was er so falsch gemacht haben soll, dass die Beziehung zu seinem Sohn nie funktioniert hat.

»Was? Du hast einfach alles falsch gemacht, Papa«, hat sein Sohn gesagt, als sie sich vor drei Jahren zum letzten Mal gesehen haben. »Außerdem heiße ich nicht Charlie, nur du nennst mich so, ich heiße Carlos.« Anschließend trafen noch mehrere E-Mails voller Vorwürfe ein, danach Schweigen. Bis er plötzlich mit der Post die Hochzeitsankündigung seines Sohnes erhielt, knapp einen Monat vor dem Termin. Carlos Mac Laughlin würde eine Frau heiraten, deren Namen er nie gehört hatte, in einer katholischen Kirche, obwohl sie keine Katholiken sind. Oder es jedenfalls nicht waren. Er zumindest ist bis heute kein Katholik. Was Charlie – oder Carlos – angeht, kann er dazu nichts sagen, er weiß zum jetzigen Zeitpunkt ja weder, welchem Glauben sein Sohn anhängt noch wer die Frau ist, in die er sich verliebt hat. Auf seine schüchterne Anfrage, ob es ein Fest geben werde und ob er einen Beitrag dazu leisten könne, hieß es bloß: »Es gibt ein Fest, aber du bist nicht eingeladen. Du kannst aber meinetwegen zur kirchlichen Trauung kommen.« Dazu eine Kontonummer, für »Hochzeitsgeschenke«.

Er ist also gekommen und war gerade in der Kirche. Von einer der hintersten Bänke aus hat er beobachtet, wie sein Sohn in Erwartung der Braut am Altar stand. Ein paar wenige Leute haben ihn erkannt. Sie haben ihn zurückhaltend begrüßt, als wüssten sie Dinge, die er nicht weiß. Den Großteil der Menschen um sich herum kannte er nicht. Sonia hat kaum Verwandte, und von den wenigen Verwandten, die ihm hier geblieben sind, war offenbar keiner eingeladen. Die vielen jungen Hochzeitsgäste waren bestimmt Freunde seines Sohns und seiner künftigen Ehefrau. Schließlich ist die Braut erschienen, am Arm eines Mannes, ihres Vaters wahrscheinlich, und hat sich neben Charlie gestellt. Und dann hatte er sechs nebeneinander vor dem Altar aufgereihte Rücken vor sich, die seines Sohns und seiner Braut, die ihrer Eltern und die Sonias und eines Mannes. Des Mannes, der ihn ersetzt hat und an der Stelle stand, wo er hätte stehen müssen. Ob er Sonias Lebenspartner, Freund, Liebhaber oder Ehemann war, war ihm egal, nicht aber, dass er die Stelle neben seinem Sohn einnahm, die ihm, seinem Vater, zustand. Er hatte geglaubt, dass er es würde aushalten können, er hatte vorgehabt, alle Anwesenden nach der Trauung im Kirchenvorraum zu begrüßen. Er hatte den Ozean überquert, um dabei zu sein, um alles richtig zu machen, so weh es auch tat, so sehr das Gefühl blieb, dass er nicht wusste, wie man als Vater zu sein hat. Er hatte den Ozean überquert, um ein Vater zu sein, obwohl ihm das all die Jahre so schlecht gelungen war.

»Immer denkst du zuerst an dich, immer an dich zuerst«, hatte Sonia ihm oft vorgeworfen. War das so gewesen? Vielleicht ja. Und war das so schlimm? Konnte er nicht eine neue Familie gründen und trotzdem ein guter Vater für Charlie sein? Oder wenn schon kein guter Vater, dann zumindest sein Vater? Er hatte es nicht gekonnt. Auch an diesem Nachmittag in der Kirche nicht. Er ist ja nicht mal imstande, ihn so zu nennen, wie er genannt werden will – Carlos. Kaum hatte Charlie der Braut den Ring übergestreift, ist er, sein Vater, aufgestanden und hinausgegangen. Einfach drauflosmarschiert, immer weiter, bis er nicht mehr konnte. An Orten vorbei, an die er sich noch genau erinnerte: das Haus, in dem er mit Sonia gewohnt hat, sein einstiges Büro, der Platz, wo er immer mit seinem Sohn gekickt hat, mit einem echten Manchester-United-Ball, der noch irgendwo sein muss, die Praxis des Psychologen, mit dessen Hilfe sie versucht hatten, ihre Beziehung mit neuem Leben zu füllen, und die Wohnung, die er kaufte, kurz nachdem er beschlossen hatte, endgültig in London zu bleiben. Er wollte einen eigenen Ort haben, wenn er zu Besuch war, und seinen Sohn in einer angenehmeren Umgebung empfangen können als in einem Hotelzimmer. Er entschied sich für eine Wohnung gegenüber dem Zoo, dieser Teil von Buenos Aires hatte ihm schon immer gefallen. Vom Balkon aus konnte Charlie das Elefantengehege sehen. In den ersten Jahren war er regelmäßig dort gewesen. Am Ende überhaupt nicht mehr. Bei den letzten Besuchen hatte er es vorgezogen, ins Hotel zu gehen, statt sich der abgestandenen Luft einer kaum je betretenen Wohnung auszusetzen, in der einige wenige Möbel eine geisterhafte Existenz führten. Charlie traf er am Ende nur noch in Restaurants, immer unter Zeitdruck – sein Sohn bemühte sich, die Sache jedes Mal so schnell wie möglich über die Bühne zu bringen. Vor drei Jahren dann beschloss er, die Wohnung zu verkaufen, es hatte keinen Sinn, sie zu behalten. Er wurde bloß traurig, wenn er daran dachte. Ein Zeugnis seiner vergeblichen Bemühungen, seines Scheiterns. Ein Scheitern, das so schwer zu bestimmen, so ungreifbar war wie die Vaterschaft, wie die Liebe zwischen Vater und Sohn.

Ganz so leicht wird man manche Dinge jedoch offensichtlich nicht los. Die Leute vom Maklerbüro sagen, er müsse den Preis etwas senken.

Vielleicht ist es jetzt so weit. Jetzt vielleicht wirklich.

Julián hat bei McDonald's Abendessen besorgt, außerdem eine Schokoladentorte. Er weiß, dass Silvia, im Gegensatz natürlich zu Tomás und Anita, Fast Food ablehnt, aber er hat es satt, immer zu tun, was Silvia will. Sie wollte, dass er auszieht, sie wollte die Ehe beenden, sie wollte, dass die Kinder heute bei ihm übernachten. Und er, was will er? Bis gestern hätte er gesagt: zurück nach Hause, zurück zu Silvia, wieder mit den Kindern zusammenleben. Heute Abend ist er sich da nicht so sicher, zum ersten Mal weiß er es nicht genau. Dafür weiß er, dass es Hamburger und Pommes frites geben soll, wenn er und seine Kinder zum ersten Mal gemeinsam nicht zu Hause übernachten. Nicht bei ihm zu Hause. Nicht in seinem früheren Zuhause. Oder wie soll er es nennen? Rein rechtlich gehört ihm immer noch die Hälfte davon. Aber ob er seinen Teil irgendwann wieder wird in Anspruch nehmen können? Darüber denkt er nach, während Anita ihm hilft, die Kerzen in die Torte zu stecken.

»Können wir morgen wirklich die Elefanten sehen, Papa?«

»Ganz bestimmt, aber jetzt schlafen sie.«

Tomás spielt unterdessen ungeduldig mit einem schlaffen Fußball herum, den er in einer Ecke entdeckt hat, wie auch immer der dorthin gelangt ist. Als sie gerade das Geburtstaglied anstimmen wollen, merkt Julián, dass er nichts hat, um die Kerzen anzuzünden. Er geht in die Küche, sieht in den Schubladen nach, versucht, eine der Gasflammen zu entzünden, aber es kommt kein Funke. Er wird den Kindern also die Schlafanzüge aus- und die Kleider wieder anziehen und dann mit ihnen rausgehen müssen, um Streichhölzer zu kaufen.

Tomás mault, er möchte in der Wohnung bleiben und weiter Fußball spielen: »Anita kann doch mitgehen, ich habe heute Geburtstag, ich entscheide, was ich mache.« Bei diesen Worten muss Julián an Silvia denken. »Ich entscheide, was ich mache.« Fast wird er böse auf seinen Sohn, aber dann beschließt er, nicht auf ihn einzugehen. Als er mit den Kindern gerade einfach so, wie sie sind – barfuß und im Schlafanzug –, losgehen will, hört er, dass jemand einen Schlüssel ins Schloss der Wohnungstür steckt. Er verflucht sich dafür, dass er nicht den Riegel vorgelegt hat. Ebenso wenig ist er auf den Gedanken gekommen, den Schlüssel von innen stecken zu lassen. Wenn er einem Kunden eine Wohnung zeigt, ist das auch nicht nötig. Aber in diesem Augenblick ist er nicht hier, um einem Kunden die Wohnung zu präsentieren, er feiert den Geburtstag seines Sohns. Davon abgesehen begreift er nicht, wie jemand auf die Idee kommen kann, um diese Uhrzeit die Wohnung betreten zu wollen. Der Besitzer lebt in London, er hat ihn ein einziges Mal gesehen, vor etwa drei Jahren, als er die Firma mit der Vermittlung der Wohnung beauftragte. Damals sagte er, er wolle sie verkaufen, weil er nicht vorhabe, nach Argentinien zurückzukehren. Der Hausmeister hat keinen Schlüssel, den haben sie ihm nach einer Auseinandersetzung mit Rosetti abgenommen. Silvia? Silvia, die sie überraschen will? Er weiß, dass das nicht sein kann. Was für ein Idiot er doch ist, selbst in den abwegigsten Situationen zuerst an sie zu denken. Seine Kinder sehen ihn beunruhigt an. Was wird ihr Vater jetzt tun? Womöglich denken sie, dass gleich ein Räuber oder Gespenst reinkommt. Julián beschließt, sich der Lage zu stellen, doch während er noch auf die Tür zugeht, öffnet diese sich und vor ihm steht George Mac Laughlin. Julián erkennt ihn wieder, und bei seinem Anblick muss er, genau wie bei ihrer ersten und einzigen Begegnung, an Harrison Ford denken. Das ist er, kein Zweifel. Wieso muss er so ein Pech haben? Wieso muss dieser Mann, der in London wohnt und gesagt hat, dass er nicht vorhabe, nach Argentinien zurückzukehren, ausgerechnet an Tomás' Geburtstag wieder auftauchen? »Herr Mac Laughlin«, sagt er und hat keine Ahnung, was er danach sagen soll. Mac Laughlin sieht ihn wortlos an, offensichtlich versucht er zu begreifen, was vor sich geht. Er lässt den Blick über die Kinder gleiten, den

Manchester-United-Fußball, der einmal seinem Sohn gehört hat. Julián stammelt: »Ich … bin …«

Mac Laughlin, die Augen jetzt auf die Geburtstagstorte gerichtet, unterbricht ihn: »Ich weiß, wer Sie sind. Und, wie gehts?«, sagt er, betritt die Wohnung und schließt die Tür hinter sich.

»Wer ist das, Papa?«, fragt Anita.

Julián zögert, und Mac Laughlin antwortet: »Ein alter Bekannter deines Vaters.« Dann schießt er den Ball in Tomás' Richtung, der ihn mühelos stoppt. Mac Laughlin geht bis in die Mitte des Zimmers, bleibt stehen und dreht sich einmal um sich selbst, als wollte er ein 360°-Panorama in Augenschein nehmen. Dann greift er nach einem Stuhl und sagt: »Darf ich?« Julián nickt. Mac Laughlin setzt sich. »Danke, ich bin ganz schön müde.« Tomás kommt, den Ball vor sich hertreibend, ebenfalls an den Tisch und setzt sich ihm gegenüber. Zwischen ihnen erhebt sich die Geburtstagstorte mit den immer noch nicht entzündeten Kerzen. »Hast du Streichhölzer?«, fragt der Junge. »So was Ähnliches«, sagt Mac Laughlin und holt ein silbernes Feuerzeug aus der Tasche, mit dem er die sechs Kerzen eine nach der anderen anzündet.

Als alle Kerzen brennen, stimmt Anita das Geburtstagslied an. Als sie merkt, dass sie die Einzige ist, die singt, erhebt sie die Stimme und schreit: »Zum Geburtstag viel Glück!« Sie sieht ihren Vater und Mac Laughlin an und bringt unmissverständlich zum Ausdruck, dass sie sich anschließen sollen. »Zum Geburtstag …«, singt sie noch lauter, und von der Anstrengung schwillt ihr der Hals. Mac Laughlin stimmt mit ein. »Zum Geburtstag« singen jetzt beide zusammen. Julián tritt zu seiner Tochter und hebt sie hoch.

Mac Laughlin nickt, als wollte er ihm zu verstehen geben, dass er gerne mitmachen darf. Julián schafft allerdings bloß noch die letzten Worte: »Zum Geburtstag viel Glück!« Alle klatschen Beifall, bis auf Tomás, der, den Kopf in die Hände gestützt, dasitzt, die brennenden Kerzen ansieht und konzentriert darüber nachdenkt, welche drei Dinge er sich dieses Jahr wünschen soll.

Zwei Koffer

Zwei Koffer«, sagte Mauro.

Ich fragte noch einmal: »Bist du sicher?«

»Ja, ganz sicher«, erwiderte er geduldig. Alle hatten in diesen Tagen viel Geduld mit mir.

»Zwei, das kann nicht sein«, versetzte ich. Worauf Mauro nichts mehr sagte, die beiden Koffer standen ja schon in der Garderobe. Er wies bloß mit geöffneten Händen darauf. Immer noch wartete er an der Türschwelle und wusste nicht, ob er bleiben oder gleich wieder gehen solle. »Komm rein, lass uns einen Kaffee trinken«, sagte ich.

»Meinst du wirklich? Ich will mich nicht aufdrängen. Wenn du lieber ausruhen willst, oder allein sein …«

»Nein, nein, lass uns ruhig einen Kaffee trinken, das wird mir guttun«, sagte ich, obwohl ich keine Ahnung hatte, was mir in diesem Augenblick guttat. Mauro war so nett gewesen, Fabiáns Gepäck vom Flughafen abzuholen, da war es doch das Mindeste, dass ich ihm jetzt einen Kaffee anbot. Fabiáns Leichnam hatte mein Bruder schon in der Woche davor abgeholt. Er hatte sich auch um alles Übrige gekümmert – die Leiche identifizieren, die Trauerfeier organisieren, die Bestattung in Auftrag geben. Ich wäre dazu nicht imstande gewesen. Ein Herzinfarkt während des Flugs. Fabián war in Chile lebend an Bord gegangen und in Argentinien

tot herausgetragen worden. Unter den Passagieren war auch
ein Arzt gewesen, der es mit Herzmassagen und anderen
Dingen versucht hatte. Umsonst. Zehn Minuten vor der
Landung war mein Mann gestorben.

Nach der Beerdigung konnte ich tagelang an nichts anderes denken als an den Moment seines Todes – der Arzt
hatte aufgeblickt, vielleicht eine Flugbegleiterin angesehen
und gesagt: »Nichts mehr zu machen.« Außerdem hatte ich
an die übrigen Passagiere gedacht und an den Rest der Be-
satzung. Was hatten sie wohl dabei empfunden? Was hatten
sie gemacht? Welches Gesicht hatte Fabián als letztes gesehen? Mit welchen Augen Kontakt gesucht? Wer hatte, falls
überhaupt, seine Hand gehalten? Wer hatte mit ihm gesprochen, bis es zu Ende war? Vielleicht hatte ich mich auf diese
Einzelheiten konzentriert, um ihn mir weiterhin lebendig
vorzustellen, um ihn in den letzten Augenblicken vor seinem
Tod, in denen ich nicht an seiner Seite sein konnte, bei mir
zu haben. Dann trafen die Koffer ein, und andere Fragen
taten sich auf.

Als ich mit dem Tablett ins Wohnzimmer kam, hatte
Mauro sich bereits gesetzt. »Ich war mir sicher, dass er nur
mit einem Koffer weggegangen ist«, sagte ich, während ich
ihm seine Kaffeetasse reichte.

»Ich hab mich auch gewundert, er war doch bloß ein paar
Tage unterwegs. Aber auf meine Frage hin haben sie mir die
beiden Kofferanhänger mit seinem Namen gezeigt. Die sind
übrigens noch dran«, sagte Mauro, stand auf, ging zu einem
der beiden Koffer, nahm den Anhänger, der am Griff hing,
und las vor: »Fabián Tarditti.« Das Gleiche machte er mit
dem anderen Koffer: »Fabián Tarditti.« Dann sah er mich
ratlos an. »Vielleicht hat er so viele Sachen gekauft, dass der

Platz nicht reichte. Oder er hatte Geschäftsunterlagen dabei. Wenn du die Koffer aufmachst, wirst du schon sehen. Aber keine Sorge, beide sind auf jeden Fall von Fabián.«

»Ja, mal sehen«, sagte ich, und mir traten Tränen in die Augen. »Entschuldige, ich hab die Heulerei satt«, fügte ich hinzu.

»Ist doch normal«, sagte Mauro tröstend und fragte: »Wie gehts Martina?«

»Schlecht, nehme ich an, auf einmal ist ihr Vater nicht mehr da, einfach so. Aber sie gibt sich Mühe, mich zu unterstützen, sie lässt sich kaum etwas anmerken. Ich hoffe, sie kann sich bei ihren Freundinnen ausweinen, oder bei ihrem Freund.«

»Bestimmt«, sagte Mauro. Ich nickte, trank einen Schluck Kaffee, und wir sagten fast nichts mehr. »Soll ich die Koffer ins Schlafzimmer stellen?«, bot Mauro an, bevor er ging. Aber ich lehnte ab, ich war noch nicht bereit, sie zu öffnen und mich Fabiáns Sachen gegenüberzusehen. Außerdem wollte ich nicht, dass die Koffer im Zimmer standen, während ich dort schlief. Also blieben sie, wo sie waren.

Erst drei Tage später kümmerte ich mich darum. In der Zwischenzeit ging ich immer wieder an ihnen vorbei, rührte sie aber nicht an. An dem Abend, als ich sie schließlich öffnen sollte, kamen Martina und ihr Freund Pedro zum Essen, und ich wollte meiner Tochter einen so unübersehbaren Hinweis darauf, dass ihr Vater nicht mehr da war, nicht zumuten. Deshalb schob ich beide in mein Zimmer und machte mich anschließend ans Tischdecken. Wir aßen, unterhielten uns, weinten ein bisschen. Pedro legte Musik auf, machte Kaffee und nahm immer wieder Martinas Hand oder flüsterte ihr etwas ins Ohr.

Als sie fort waren, raffte ich mich endlich auf. Ich musste die Koffer einfach öffnen, sosehr ich mich vor dem Anblick von Fabiáns Sachen fürchtete und vor seinem Geruch, den sie bestimmt verbreiten würden. Soll man die Sachen von jemandem, der gestorben ist, wieder in den Schrank tun, wo sie zu seinen Lebzeiten aufbewahrt wurden? Und wie lange soll man sie aufbewahren? Ich näherte mich den Koffern. Beide waren mit Zahlenschlössern verschlossen, was aber kein Problem war, denn seit wir in diese Wohnung gezogen waren, hatten wir für alle Schlösser oder Schließfächer unsere Hausnummer verwendet: 1563. Achtundzwanzig Jahre hatten wir zusammen in der Calle Salta 1563 gewohnt, fünfter Stock, Wohnung A. Ich legte den einen Koffer aufs Bett, stellte die Nummern auf 1, 5, 6, 3 und das Schloss ließ sich widerstandslos öffnen. Ich hob den Deckel an. Vor mir lagen Fabiáns Sachen, sorgfältig geordnet, wie immer. Ich habe nie jemanden kennengelernt, der so perfekt Koffer packte wie Fabián. Der graue Anzug, für formelle Anlässe, Arbeitstreffen zum Beispiel. Sein weißes Hemd. Die blaue Krawatte mit den roten Tupfen. Eine Sporthose. Sein blauer Pullover. Zwei T-Shirts. Die Halbschuhe und ein Gürtel aus demselben Leder in einem eigenen Fach. Die Jeans hatte er bei der Abreise angehabt, außerdem das kurzärmelige hellblaue Hemd, die Slipper und die Regenjacke. Alles vorbildlich zusammengelegt, die Hemden bis zum obersten Knopf zugeknöpft und die schmutzige Unterwäsche in einem Extrabeutel. Das Parfüm, die Zahnpasta, die Zahnbürste und das Rasierzeug waren in dem Waschbeutel aus Leder, den ich ihm zu seinem letzten Geburtstag geschenkt hatte. Alles roch nach ihm. Ich fing an zu weinen. Ganz zuletzt öffnete ich den Reißverschluss des Innenfachs, in dem er für gewöhnlich die Mitbringsel verstaute. Fabián war viel geschäftlich unterwegs – nachdem er sein Architekturdiplom gemacht hatte und als selbstständiger Architekt arbeitete im Inland, und seit er Regionalleiter eines Büroausstatters geworden war auch in Chile, Uruguay und Brasilien. Immer brachte er uns von seinen Reisen etwas mit, und sei es bloß eine Kleinigkeit, Hauptsache, wir merkten, dass er in der Ferne an uns gedacht hatte. Als Martina zu Pedro gezogen war, gab es für sie nur noch ab und zu ein Reisegeschenk, für mich dagegen war weiterhin jedes Mal etwas dabei. Ich schob die Hand in das Innenfach und zog eine flache Papiertüte heraus. Die Tüte trug den Namen eines bekannten chilenischen Geschäftes für Frauenkleidung und enthielt ein pinkfarbenes Seidenhalstuch mit hellblauen, gelben und weißen Blumen. Ich hielt es mir an die Brust und fing wieder an zu weinen.

Ich beschloss, Fabiáns Schrank vorläufig – bis ich wusste, was ich mit seinen Sachen machen sollte – so zu lassen, wie er war. Ich räumte alle Kleidungsstücke an ihren gewohnten Platz, schloss den Koffer und deponierte ihn auf dem Schrank, von wo mein Mann ihn am Tag vor seiner letzten Reise heruntergeholt hatte. Dann legte ich den anderen Koffer aufs Bett und stellte die bekannte Zahlenkombination ein – 1, 5, 6, 3. Diesmal jedoch ließ das Schloss sich nicht öffnen. Ich betrachtete die Zahlen, fragte mich, ob die Sechs tatsächlich eine Sechs oder nicht doch eine Acht war, setzte die Brille auf und überprüfte die Kombination – 1, 5, 6, 3. Auch beim zweiten Versuch tat sich nichts. Ob ich am Ende recht hatte, und der Koffer gehörte nicht Fabián? Ich warf einen Blick auf den Anhänger, der immer noch am Griff hing: »Fabián Tarditti.« Dann drehte ich an den

Zahlen rum und stellte die Kombination ein weiteres Mal ein – 1, 5, 6, 3. Auch das brachte nichts. Ich überlegte. Als Nächstes versuchte ich es mit seinem Geburtsdatum, dann mit dem von Martina und zuletzt mit meinem. Nichts davon klappte. Ich nahm mir den Anhänger noch einmal vor, und da fing ich an, zu begreifen. Unter seinem Namen standen eine Adresse und eine Telefonnummer. Die Telefonnummer kannte ich, es war die seines Handys. Die Adresse dagegen kannte ich nicht – Calle Jonás 764, Pinamar. Jonás 764, Pinamar? Ich nahm mir noch einmal das Schloss vor. Es mussten vier Zahlen eingestellt werden. Ich machte, was wir immer gemacht hatten, wenn Zahlenschlösser aus mehr Stellen bestanden als unsere Hausnummer – links Neunen hinzufügen. Ich fing also mit einer Neun an, dann kamen die Sieben, die Sechs und zuletzt die Vier: 9, 7, 6, 4. Das Schloss ging auf. Ich hob den Deckel an, und mir blieb die Luft weg. Vor mir lag haargenau das Gleiche wie in dem anderen Koffer. Der graue Anzug, das weiße Hemd, die blaue Krawatte mit den roten Tupfen, der Pullover, die T-Shirts, die Halbschuhe und der Gürtel aus demselben Leder in einem eigenen Fach, die schmutzige Wäsche in einem Extrabeutel, ein Waschbeutel aus Leder. Ich war unfähig, auch nur einen vernünftigen Gedanken zu fassen, ich begriff es einfach nicht. Oder noch nicht. Schließlich öffnete ich das Fach, wo Fabián für gewöhnlich die Mitbringsel verstaute, und da war auch die flache Tüte aus dem chilenischen Geschäft. Es befand sich aber noch etwas darin, eine kleinere Papiertüte. Ich öffnete sie und holte den Inhalt heraus: Babykleidung – ein hellblauer Baumwollstrampler mit braunen Bärchen darauf, ein Lätzchen und ein Paar Söckchen. Ich sank aufs Bett. In meinem Kopf hämmerte es, als wollte er gleich explodieren. Zwei haargenau gleiche Koffer – bedeutete das, was mir in diesem Moment durch den Kopf ging? Das heißt, nicht haargenau gleich, in dem einen war ja noch Babykleidung. Aber trotzdem, warum war jemand mit zwei fast haargenau gleichen Koffern unterwegs? Gab es in Pinamar eine Frau und ein Baby von Fabián? Was hätte Fabián mit dem anderen Koffer gemacht, wenn er auf dem Flug keinen Herzinfarkt gehabt hätte? Hätte er ihn im Büro abgestellt, oder im Kofferraum des Autos gelassen? Das konnte nicht sein, es musste eine andere Erklärung geben. Aber welche?

Ich stand auf und wanderte im Zimmer auf und ab. Dabei überlegte ich krampfhaft, welcher meiner Freundinnen ich mich anvertrauen könnte. Meinem Bruder wollte ich nichts verraten. Ich überlegte, wie ich es Martina sagen sollte, oder ob ich es ihr überhaupt sagen sollte. Oder Mauro, Fabiáns engstem Freund, wenigstens soweit ich wusste. Aber ich verwarf den Gedanken, Mauro konnte nichts davon wissen, andernfalls hätte er mir niemals den zweiten Koffer ausgehändigt. Er hätte seinen Freund geschützt, koste es, was es wolle. Und den zweiten Koffer hätte er dort abgegeben, wo er hingehörte. Als ich mir das sagte – dass Mauro den zweiten Koffer dort abgegeben hätte, wo er hingehörte –, wurde mir schlagartig klar, was ich zu tun hatte: Nach Pinamar fahren und ihn einer Frau übergeben, die womöglich noch nicht einmal wusste, dass Fabián niemals zurückkehren würde.

Ich nahm eine Schlaftablette und überließ meinem Körper die Entscheidung, aufzuwachen, wann er es für richtig hielt. Er entschied sich für zehn Uhr am nächsten Morgen. Ich legte den Koffer mit der Pinamar-Adresse ins Auto und fuhr los. Ich war unseren Wagen noch nie allein außerhalb der Stadt gefahren. Seit unserer Hochzeit war ich auch nie mehr in Pinamar gewesen. Davor schon, Fabián hatte mehrfach in Pinamar auf Baustellen zu tun, und ich hatte ihn begleitet. Aufs Meer war ich allerdings nie besonders versessen gewesen, weshalb wir später im Urlaub immer anderswohin fuhren, nach Villa la Angostura, Mendoza oder Córdoba. Ich suchte mir auf Google Maps den besten Weg raus. Ich musste die Fernstraße Nummer 2 nehmen und in Dolores abbiegen. Dort fragte ich sicherheitshalber an einer Tankstelle nach. Man empfahl mir eine Abkürzung durch eine etwas öde Gegend, aber so würde ich mir mehr als fünfzig Kilometer sparen. Ich folgte dem Rat. Ich wollte so schnell wie möglich ankommen, um endlich jene Frau und Fabiáns Kind kennenzulernen, und dann zurückzukehren und nie mehr an sie zu denken. Falls ich das schaffte. Seit wann existierten sie wohl in seinem Leben? Ich hatte niemals auch nur das Geringste bemerkt. In der letzten Zeit war Fabián etwas distanziert gewesen. Vielleicht waren wir beide auch weniger zärtlich zueinander gewesen, oder weniger aktiv im Bett. Aber wir waren seit achtundzwanzig Jahren zusammen, weshalb mir die Tatsache, dass seine oder meine Libido ein wenig nachließ, kein Grund zur Beunruhigung zu sein schien. Jetzt wurde mir jedoch klar, dass seine Libido nicht nachgelassen, sondern sich ein anderes Ziel gesucht hatte. Wie alt die Frau wohl war, fünfunddreißig, vierzig? In jedem Fall musste sie jung genug sein, um noch Kinder kriegen zu können, andererseits aber auch nicht so jung, dass sie nicht zu einem fünfundfünfzigjährigen Mann gepasst hätte. Am Straßenrand kam eine riesige Christusfigur in Sicht, die zu einer Prozession in dem Ort Madariaga einlud. Es war

also nicht mehr weit, schon bald würde ich der Frau gegen-
überstehen und ihr einen Koffer aushändigen, der mir nicht
gehörte.

Was würde ich zu ihr sagen? Würde ich böse werden? Sie
beschimpfen? Ihr mein Beileid ausdrücken? An dem Kreis-
verkehr bei der Einfahrt nach Pinamar hielt ich an und gab
die Adresse in mein Handy ein: Jonás 764. Gleich darauf
wies das Gerät mir den Weg. Auf keinen Fall wollte ich bei
der Ankunft eine Szene machen. Oder ohnmächtig werden.
Oder den Mut verlieren und samt Koffer nach Hause zurückkehren. Ich fuhr ganz langsam, so blieb mir Zeit, mich
zu sammeln. Schließlich traf ich bei der auf dem Anhänger angegebenen Hausnummer ein, mit deren Hilfe ich das
Kofferschloss geöffnet hatte. Ein einfaches Haus in einem
gepflegten Garten. Ich stieg aus und klingelte. Niemand
zeigte sich. Ich klingelte erneut. Und dann noch einmal. Ein
Mann, der gerade das Nachbarhaus betreten wollte, sagte zu
mir: »Die sind in der Bar.«

»Welche Bar?«, fragte ich.

»Die im Zentrum«, antwortete er, »die am Strand ist um
die Jahreszeit geschlossen.«

»Natürlich«, sagte ich, als wüsste ich, wovon er sprach. Bevor ich mich auf den Weg machte, fügte ich hinzu: »Könnten Sie mir sagen, wie man da hinkommt? Ich war schon seit
Jahren nicht mehr hier, ich fürchte, ich finde es nicht.« Der
Mann zeichnete mit dem Finger einen Weg in die Luft, den
ich mir einzuprägen versuchte.

»Das *My Way*«, sagte er. Ich sah ihn verblüfft an. »Die Bar.
Die heißt jetzt *My Way*, den Namen haben sie vor einiger
Zeit geändert. Ich sags bloß, damit Sie sich nicht wundern,
falls Sie es nicht wussten.«

»Doch, natürlich habe ich das gewusst, aber trotzdem vielen Dank«, log ich. Und stieg ins Auto.

Den Anweisungen des Mannes folgend gelangte ich mühelos zum *My Way*. Ich ging hinein und setzte mich an einen Tisch. Sogleich erschien eine Frau, um meine Bestellung entgegenzunehmen. Sie war schwanger und offensichtlich nicht älter als Martina. Es gab also kein Baby, sondern eine Schwangere. Sie tat mir leid, zugleich spürte ich aber auch Wut, um nicht zu sagen Hass auf sie. Wie hatte Fabián eine Beziehung mit einer Frau eingehen können, die so alt war wie unsere Tochter? Wer war der Mann, mit dem ich achtundzwanzig Jahre zusammengelebt hatte? Wie kann man mit fünfundfünfzig ein Kind mit einer Frau haben, die kaum älter als zwanzig ist? Wann hätte er mich eingeweiht? Hatte er überhaupt vor, mich jemals einzuweihen?

»Wissen Sie schon, was Sie möchten?«, sagte die Frau neben mir laut. Bestimmt hatte sie schon einmal gefragt, und ich hatte nicht reagiert.

»Einen Kaffee, bitte, bitte einen Kaffee.« Sie verschwand hinter dem Tresen. Ich kämpfte mit den Tränen. Die Frau tauchte wieder aus der Küche auf, wurde aber zurückgerufen: »Martina …« Sie verschwand erneut. Mir verschwamm die Sicht. Mein Mann hatte eine Geliebte, die nicht nur so alt war wie unsere Tochter, sondern auch genauso hieß. Ekel stieg in mir auf. Ich stellte mir vor, wie er im Bett Sachen zu ihr sagte und sie dabei mit dem Namen ansprach, den er selbst einst für seine Tochter ausgesucht hatte. Ich hatte sie Carolina nennen wollen, aber er hatte auf seinem Wunsch beharrt und ich hatte nachgegeben. Jetzt kam die junge Frau wieder aus der Küche, trat zu mir an den Tisch und stellte den Kaffee vor mir ab. Außerdem einen Serviettenhalter und eine kleine Schale mit Zuckertütchen.

»In welchem Monat sind Sie?«, fragte ich unwillkürlich mit heiserer Stimme.

»Im sechsten. Der Termin ist kurz vor Jahresende.«

»Schön …«, sagte ich, »wird es ein Junge?«

»Ja, ein Junge«, antwortete sie, »wenn der Arzt sich beim Ultraschall nicht geirrt hat.«

»Sie sind ja noch ziemlich jung, um Kinder zu kriegen.«

»So jung auch wieder nicht«, erwiderte sie, »ich bin sechsundzwanzig.«

»Sechsundzwanzig«, wiederholte ich, »ein Jahr älter als meine Tochter.« Sie lächelte, schob einen Stuhl am Nachbartisch zurecht und kehrte zum Tresen zurück. Wie sollte ich dieser Frau, so wütend ich auf sie war, sagen, dass ihr Kind keinen Vater haben würde, weil der auf dem Rückflug von Chile an einem Herzinfarkt gestorben war? Wie lange waren die beiden wohl schon zusammen? Sie war noch so jung. Warum musste Fabián mit ihr das gleiche Leben führen wie mit mir? Zwei Koffer. Ich wollte bloß noch fort, aber zuerst musste ich mein Vorhaben zu Ende bringen. Ich ließ den Kaffee stehen und ging hinaus zum Auto, nahm den Koffer und schleppte ihn in die Bar. Als ich reinkam, war niemand da. Ich rief den Namen der jungen Frau, der auch der Name meiner Tochter war: »Martina!« Sie kam aus der Küche und sah mich neben dem Koffer stehen. »Ich hab dir den Koffer von Fabián mitgebracht.«

Erschrocken blickte sie zur Küchentür und rief: »Mama!« Sofort erschien eine Frau, die ihr sehr ähnlich war, sie stellte sich neben sie und starrte mich an. Da endlich begriff ich. Ihrem Blick entnahm ich, dass sie, die andere Frau, wusste, wer ich war, und dass sie auch wusste, dass Fabián tot war und warum ich hergekommen war. Sie trat näher, ergriff den Koffer und sagte: »Danke fürs Bringen.« Ich war außerstande, etwas zu sagen. Ich lächelte, warum auch immer. Und starrte sie an, ich weiß nicht wie lange, eine Ewigkeit. Dann drehte ich mich um und ging.

Auf der kurzen Strecke bis zum Auto stiegen Bilder aus Fabiáns Doppelleben in mir auf – die zwei Koffer, die zwei Häuser, die zwei blauen Pullover, die zwei Anzüge, seine zwei Töchter mit demselben Namen, seine zwei Frauen. Achtundzwanzig Jahre mit mir. Und mit ihr? Neunundzwanzig, dreißig.

Ich stieg ein und ließ den Motor an, fuhr aber nicht gleich los. Ich sah noch einmal zur Bar hinüber. In der Tür stand Fabiáns andere Frau, einen Schritt hinter ihr seine andere Tochter. In der Hand hielt die Frau ein pinkfarbenes Seidenhalstuch mit hellblauen, gelben und weißen Blumen.

Mit gefesselten Händen

Sie öffneten die Toilettentür und stießen uns hinein. Der Dicke zwang uns, uns Rücken an Rücken zu setzen, und fesselte ihre Hände an meine. Dann ging er raus und schloss ab. Schweigend warteten wir, bis sie verschwunden waren, alles, was in dem Notariat irgendeinen Wert besaß, hatten wir ihnen bereits ausgehändigt. Bevor sie gingen, sahen sie jedoch offenbar noch einmal alles genau durch. Dem Lärm nach zu urteilen, warfen sie die Bücher zu Boden. Die Notarin war total verängstigt, für eine hübsche junge Frau wie sie muss solch eine Situation ganz schön unangenehm sein. Mich selbst quälte der Gedanke, dass die Kerle mir am Ende womöglich eine Kugel in den Kopf jagen würden. Aber für sie war es doch noch etwas anderes. Ich hatte bemerkt, wie lüstern der Dicke ihre Beine musterte. Wenn sein Anführer ihn nicht zur Eile gedrängt hätte, wäre er offensichtlich zu allem Möglichen imstande gewesen.

Jetzt hörten wir durch die Tür das Geräusch eines Wasserstrahls, der auf den Boden traf.

»Was ist denn jetzt los?«, sagte ich.

»Sie pinkeln, Gutiérrez«, sagte die Notarin.

»Solange sie nicht auf die Urkundenrolle pinkeln …«

»Ich scheiß auf die Urkundenrolle, Gutiérrez!«

Die Notarin drückt sich gerne deftig aus. Schade, damit

tut sie sich keinen Gefallen. Und vom Beruf des Notars versteht sie auch nicht allzu viel. Die Urkundenrolle ist dem Notar mindestens so wichtig wie die eigenen Kinder. Ich habe zwar keine Kinder, kann es mir aber vorstellen. Mir machte es auf jeden Fall etwas aus, dass die Kerle auf die Urkundenrolle urinierten. Aber für mich ist dieses Notariat ja auch mein Leben. Alles, was mich ausmacht, habe ich hier gelernt. Der Onkel der Notarin hat es mir beigebracht. Doctor Azcona, der Notar. Der hielt seinen Beruf wirklich in Ehren. Eine Urkunde vorbereiten, eine Unterschrift beglaubigen, einen Grundbucheintrag prüfen – für ihn waren das heilige Handlungen. »Etwas beglaubigen« war für ihn kein leeres Wort, und wenn Azcona seine Unterschrift unter ein Dokument setzte, konnte man beruhigt damit nach Hause gehen. Seine Nichte dagegen … Also wenn Mirta und ich nicht wären, weiß ich nicht, wie sie zurechtkäme. Studiert hat sie alles, was dazugehört, aber wenn es wirklich um die Wurst geht, hat sie von nichts eine Ahnung.

Doctor Azcona hatte keine Kinder. Dafür hat er mich immer wie seinen eigenen Sohn behandelt. Zum Anwalt habe ich mich, glaube ich, vor allem ihm zuliebe ausbilden lassen, zum Dank für alles, was er für mich getan hat. Dabei war ich schon achtunddreißig, als ich anfing. Es ist mir ziemlich schwergefallen. Manche Prüfungen schaffte ich erst im dritten oder vierten Anlauf. Dass ich mich schließlich von Julia getrennt habe, liegt an diesem Studium, da bin ich mir sicher. Ich widmete ihm meine gesamte Zeit. Die wenigen freien Stunden, die mir die Arbeit im Notariat ließ, verwendete ich fürs Lernen, Julia fühlte sich einsam, und irgendwann ist sie dann gegangen. Im Grunde konnte ich sie verstehen. Sie hatte ein für Frauen schwieriges Alter erreicht.

Außerdem hatten wir eine grundlegend unterschiedliche Auffassung von Zeitmanagement. Ein Jahr nach der Trennung legte ich erfolgreich die Anwaltsprüfung ab und begann mit der Ausbildung zum Notar, meinem eigentlichen Ziel. Doctor Azcona war stolz auf mich. Immer wieder erkundigte er sich, wie ich mit der Prüfungsvorbereitung zurechtkam, und lieh mir Bücher. Ich war mir sicher, dass ich nach bestandenem Examen Sozius in seiner Kanzlei werden würde. Drei volle Jahre bereitete ich mich aufs Examen vor, legte es aber niemals ab. Denn auf einmal erschien sie, eine Nichte Doctor Azconas, von der ich nie gehört hatte, gerade einmal siebenundzwanzig Jahre alt und schon frischgebackene Notarin.

Ich erinnere mich noch genau an den Tag, als Azcona mich in sein Büro rief, um mir die Vollmacht zu diktieren, die sie zur neuen und alleinigen Inhaberin des Notariats erklärte. Es war, als würde er mir einen Eimer kalten Wassers ins Gesicht kippen. Beim Übertragen der Vollmacht in die Urkundenrolle verschrieb ich mich dreimal und musste folglich drei Korrekturen anbringen. So etwas war mir in meiner ganzen Zeit als Kanzleischreiber noch nicht passiert. »Gratuliere, endlich hast du deine Unschuld verloren, Gutiérrez«, kommentierte Mirta lachend, während ich die letzte Korrektur ausführte.

Von draußen war zu hören, dass die Eingangstür zufiel, dann wurde es still.

»Sie sind weg …«

»Werden Sie von irgendwem erwartet, Gutiérrez?«

»Nein … Ich lebe allein … Getrennt, schon seit Längerem.«

»Das heißt, wenn wir nichts unternehmen, müssen wir bis morgen so sitzen bleiben.«

Wir versuchten, die Fessel zu lösen, zogen sie dadurch aber nur noch fester zu.

Die Notarin drehte ihre Beine zur Seite, sodass sie mit den Füßen gegen die Tür treten konnte. Über die Schulter beobachtete ich sie.

Eine ihrer Waden war zu sehen. Bei einem besonders heftigen Tritt verlor sie einen Schuh. Ich versuchte, ihr klarzumachen, dass das verlorene Liebesmüh war, aber sie hörte nicht zu. So wie immer. Vor allem, wenn ich mich in einer komplizierten Angelegenheit an sie wandte: »Kommen Sie mir bloß nicht mit Problemen, Gutiérrez, regeln Sie die Sache einfach, dann reden wir weiter.« Dass sie nicht mit Leib und Seele Notarin war, war offensichtlich. Für diesen Beruf hatte sie sich bloß entschieden, weil ihr klar war, dass sie in ihrem Onkel eine Goldmine besaß. Das Einzige, was sie wirklich zu interessieren schien, waren ihre Kleidchen – für gewöhnlich viel zu kurz für das, was in unserem Metier als angemessen gilt – und dass Schuhe und Handtasche farblich zusammenpassten.

»Ich fasse es nicht! Soll ich wirklich die ganze Nacht hier rumhocken?«

»Besser, Sie beruhigen sich und versuchen, ein bisschen auszuruhen …«

»Sehr witzig, Gutiérrez, wie soll ich mich denn so ausruhen? Mein Arsch ist eiskalt von den verdammten Fliesen, meine Hände kleben an Ihrem Hintern und Sie quatschen mir auch noch die Hucke voll!«

Das ging wirklich ein bisschen weit. Schließlich sah sie aber wohl ein, dass ich recht hatte. Der Schlaf übermannte sie. Ich merkte es an der Art, wie ihr Rücken gegen meinen sackte. Ihr Kopf sank auf meine Schulter.

»Machen Sie es sich nur bequem, ich bin kein bisschen müde«, sagte ich, aber sie schlief schon und hörte mich nicht.

Sie bewegte sich kaum, aber wenn, dann streifte ihr Haar meinen Hals. Es kitzelte, doch ich hütete mich, sie zu wecken. Vielmehr versuchte ich, so zu sitzen, dass sie es so bequem wie möglich hatte. Sie hatte ihr übliches Parfüm aufgelegt, ich kannte es, aber so, aus der Nähe, roch es viel intensiver als sonst, wovon mir ein wenig schwindlig wurde. Ihr Büro war immer ganz von diesem Geruch erfüllt. Einmal hob ich die Urkundenrolle, nachdem ich alle möglichen von ihr unterzeichneten Dokumente und Vollmachten darin abgelegt hatte, unwillkürlich an die Nase und roch daran. Es war, als steckte sie selbst darin … So nah wie jetzt auf der Toilette war ich ihr allerdings noch nie gewesen. Ich hätte bloß den Kopf zur Seite drehen brauchen, um meine Nase in ihr Haar zu bohren und daran zu schnuppern. Was ich schließlich auch tat. Umgehend erwachte sie.

»Was meinen Sie, Gutiérrez, sollen wir uns auf die Seite legen? Dann können wir besser schlafen.«

»Ganz wie Sie möchten.«

Wir ließen uns auf ihre rechte Seite sinken und streckten die Beine aus. Gleich darauf hörte ich sie tief und gleichmäßig atmen, offensichtlich war sie wieder eingeschlafen. An meiner Hüfte spürte ich die Rundung ihres Hinterns. Sie rollte sich ein und legte ihren Fuß auf mein Bein. Mühsam schlüpfte ich aus den Schuhen, ich binde sie immer extra fest zu, damit die Schleife unterwegs nicht aufgeht. Ich bin ziemlich viel unterwegs, jeden Tag laufe ich zwei Mal fünfzehn Querstraßen weit. Als Nächstes zog ich ihr den Schuh aus, den sie noch anhatte, und massierte ihre Fußsohle, für den Fall, dass sie dort fror. Sie bewegte die Hände zwischen unseren Hüften. Um sie zu beruhigen, verschränkte ich meine Hände mit ihren. Ich streichelte ihre Finger, soweit die Fesseln es zuließen, und fuhr in kleinen Kreisen über ihre Haut. Eine zarte Haut. Offensichtlich träumte sie von jemandem, denn in einem bestimmten Augenblick presste sie vertrauensvoll meine Hand – bei den Männern, die sie im Büro anriefen, machte sie das wahrscheinlich häufiger so. Irgendwann landete meine Hand auf ihrem Hintern. Ich strich sanft darüber und vergewisserte mich, dass er tatsächlich meiner Vorstellung entsprach. Gerne hätte ich ihn gedrückt. Eine Weile stellte ich mir vor, wir wären andersrum zusammengefesselt, die Gesichter einander zugewandt – ich würde ihren Atem auf meinen Wangen spüren, unser beider gefesselte Hände auf ihre Brüste legen und ihre Anwesenheit an der Stelle wahrnehmen, wo ich sie am stärksten wahrnahm. Dann stellte ich mir vor, ich würde sie küssen, immer wieder, tiefe Zungenküsse, als wollte ich ganz in sie eindringen. Schließlich stellte ich mir vor, ich sei ganz in sie eingedrungen. So realistisch, als wäre ich wieder vierzehn und würde mich zwischen den Laken hin und her wälzen. So realistisch, als läge ich nicht mit gefesselten Händen auf dem Boden der Notariatstoilette. Was dabei in mir ablief, war eigentlich nur möglich, wenn ich tatsächlich in ihr steckte. Ich versuchte, die Zeit anzuhalten, dieser Augenblick sollte nie vorbeigehen, weshalb ich mich auch nur ganz sacht bewegte, ich wollte sie ja nicht belästigen. Bis sich irgendwann eine Lust Bahn brach, die stärker war als alles, was ich in dieser Hinsicht jemals erlebt hatte. Da konnte ich nicht mehr und ließ mich gehen. Ich glaube, mein letzter heftiger

Atemzug war schuld, dass sie erwachte. Angespannt wartete ich auf ihre Reaktion, sie schlief jedoch gleich wieder ein, und wenig später auch ich.

Als Mirta am nächsten Morgen das Büro betrat, fing sie so hysterisch an zu schreien, dass sie nicht einmal die Fußtritte hörte, die die Notarin der Tür versetzte. Da fing auch ich an zu schreien, so laut, dass nicht nur die Notarin, sondern auch ich selbst überrascht war. Mirta holte den Hausmeister, der die Tür öffnete und uns von den Fesseln befreite. Die Notarin rieb sich jammernd die schmerzenden Gelenke, mir taten sie, soweit ich mich erinnere, auch weh. Gleich darauf forderte sie Mirta auf, die Polizei zu rufen. Sie selbst rief unterdessen von dem anderen Apparat aus jemanden an – wahrscheinlich einen Mann – und bat darum, abgeholt zu werden. Während ich die vollgepinkelten Papiere vom Boden aufsammelte, warf ich ihr verstohlene Blicke zu. Ihr Rock war zerknittert, das Haar zerwühlt, das Make-up verschmiert.

»Was starren Sie mich so an, Gutiérrez?«, sagte sie plötzlich. »Warum gehen Sie nicht nach Hause und duschen erst mal?«

Ich wurde rot. Als ich den Blick senkte, entdeckte ich einen Fleck auf meiner Hose, der offensichtlich von einer zähen Flüssigkeit herrührte. Ich griff nach einem Ordner mit der Aufschrift »Nachlass Martín Cabrera«, der auf dem Schreibtisch lag, und hielt ihn mir als Schutzschild vor. Dann sah ich die Notarin und danach Mirta an. Weder die eine noch die andere erwiderten meinen Blick.

»Geh ruhig, Jorge, ich kümmere mich um die Sache«, sagte Mirta. »Ich versteh gar nicht, dass du dich nach der Nacht überhaupt auf den Beinen halten kannst.«

Kaum kam von unten die Meldung, sie werde erwartet, machte sich die Notarin davon. Ich auch, wenige Minuten später nahm ich meinen Mantel vom Haken und brach auf.

Im Aufzug roch es nach ihr.

Abfall für die Hühner

Jetzt heißt es, die schwarze Plastiktüte zubinden. Sie zieht an den Enden, um sie zusammenzuknoten. Aber sie sind zu kurz, sie hat zu viel in die Tüte getan. Sie weiß nicht mehr, was sie alles reingestopft hat, um sie vollzubekommen, einfach alles, was ihr bei ihrem Rundgang durch die Wohnung in die Hände gefallen ist.

Sie hebt die Tüte an und schüttelt sie ein paar Mal ruckartig, sodass der Inhalt nach unten rutscht und oben mehr Platz bleibt. Sie macht einen Doppelknoten und zieht fest an den Enden, um sicherzugehen, dass er hält.

Sie stellt die Tüte beiseite, dreht den Hahn auf und lässt das Wasser laufen, während sie ihre Hände mit Spülmittel einreibt. In ihrer Kindheit gab es kein Spülmittel, bei ihr zu Hause hatten sie, wenn überhaupt, Kernseife. Jetzt hat sie Spülmittel, sie bringt sich von der Arbeit welches mit, das sie sich dort aus einem der großen Plastikbchälter in eine leere Limonadenflasche abfüllt. Plastiktüten gab es in ihrer Kindheit auch nicht. Ihre Großmutter gab alle Reste, die als Dünger oder Hühnerfutter taugten, in einen Eimer und verbrannte, was dann noch übrig blieb, auf dem Feldweg jenseits des Drahtzauns. In dem Eimer landeten Kartoffelschalen, Kerngehäuse von Äpfeln, fauliger Salat, Tomaten, die schimmlig geworden waren, Eierschalen, die ausgekochten Mateblätter, die Innereien der Hühner, ihr Herz, das Fett. Seitdem sie in der Stadt lebt, verwendet sie Plastiktüten. Tüten vom Markt, oder eigens gekaufte Mülltüten wie die, die sie gerade zugeknotet hat. In ein und dieselbe Tüte tut sie unterschiedslos alle Reste, denn da, wo sie heute lebt, gibt es weder Hühner, die man füttern, noch Erde, die man düngen könnte.

Sie dreht den Hahn wieder zu und trocknet sich an einem sauberen Geschirrtuch die Hände ab. Dann wirft sie einen Blick auf den Wecker, den sie am Nachmittag auf dem Kühlschrank hat stehen lassen. Es ist Zeit, die Tüte vors Haus zu stellen, damit die Müllabfuhr sie mitnimmt. Sie geht durch den engen Flur, den alle Nachbarn sich teilen. In ihrer linken Hand hält sie die Tüte, die sie fest am Knoten gepackt hat. Ein paar Minuten, bevor der Müllwagen kommt, keinesfalls früher, muss sie sie auf dem Bürgersteig ablegen. In der Rechten hält sie den Schlüsselbund, er ist fast so schwer wie die Tüte. Als Anhänger dient ein kleiner Metalleimer mit dem Logo der Reinigungsfirma, für die sie arbeitet. Am Bund hängen die Schlüssel für den Haupteingang und fünf Büros des Gebäudes, in dem sie sauber macht, die Schlüssel eines weiteren Gebäudes, in dem sie nicht mehr arbeitet, die beiden Schlüssel für die Tür, auf die sie sich in diesem Augenblick zubewegt – wobei ihr die Mülltüte immer wieder ans Bein schlägt –, der Schlüssel für die Eingangstür ihrer Erdgeschosswohnung, der Schlüssel für den Keller, in dem ihr Mann das Fahrrad abstellt, mit dem er zur Arbeit fährt, wenn er Arbeit hat, und der Schlüssel für die Tür des Zimmers ihrer Tochter, den sie vorhin mit an den Bund gehängt hat, kurz nachdem sie ihre Tochter eingesperrt hatte.

Bei der Haustür angekommen, dreht sie am Knauf, aber die Tür geht nicht auf, also setzt sie die Tüte auf dem Boden ab und geht die Schlüssel am Bund durch, bis sie den richtigen findet. Sie steckt ihn ins Schloss und dreht ihn einmal herum. Sie wiederholt den Vorgang mit einem anderen Schlüssel – diese Sicherheitsvorrichtung besteht seit dem Einbruch in Wohnung H. Sie stellt den Fuß in den Türspalt und greift nach der Tüte. Auf dem kurzen Stück bis zu dem Baum, wo sie die Tüte für die Müllmänner absetzen wird, presst sie sie an die Brust. Sie merkt, dass die Stricknadelspitze das Plastik durchbohrt hat, als wollte sie auf sie deuten. Sie betrachtet sie, rührt sie aber nicht an. Dann dreht sie die Tüte so, dass die Spitze nicht mehr auf sie zeigt.

Beim Baum angekommen, stellt sie die Tüte neben jene, die andere dort bereits abgestellt haben. Sie drückt mit dem Fuß gegen die Nadel, damit sie wieder im Inneren verschwindet, wo sie gefälligst hätte bleiben sollen. Nach einer Weile stößt die Nadel auf Widerstand, da hört sie auf zu drücken, nicht dass sie auf der anderen Seite wieder rauskommt und alles noch schlimmer macht. Sie betrachtet das Loch, das die Nadel hinterlassen hat. Eigentlich müsste eine zähe Flüssigkeit hervorsickern, es kommt jedoch nichts. Falls doch noch etwas kommt und jemand fragt, wird sie sagen, dass das an einer der Sachen liegt, mit denen sie die Tüte aufgefüllt hat. Es kommt aber nichts aus dem Loch.

Während sie auf die Müllabfuhr wartet, spielt sie mit den Schlüsseln. Sie lässt sie einen nach dem anderen am Ring entlangwandern. Es ist schon dunkel, obwohl der Nachmittag noch nicht vorbei ist, die Winterkälte schneidet ihr ins Gesicht. Um warm zu werden, reibt sie sich die Arme. Dann schüttelt sie den Schlüsselbund, als wäre er eine Rassel. So, das reicht, genug jetzt, sie würde gerne wieder reingehen und nach ihrer Tochter sehen, aber sie kann die Tüte nicht einfach hier liegen lassen. Nicht dass noch jemand auftaucht und ihren Müll nach brauchbaren Sachen durchwühlt. Oder ein Tier, das von dem Geruch angezogen wird. Sie weiß, dass Tiere Dinge riechen können, die wir Menschen nicht riechen. Dort, wo sie früher gelebt hat, bei ihrer Großmutter, gab es Tiere – Hunde, einen Esel, Hühner. Eine Zeit lang hatten sie sogar ein Schwein. In der Stadt gibt es auch Hunde. Ihr ist kalt, sie darf aber nicht gehen und riskieren, dass ein Hund sich gierig auf die Tüte stürzt, die sie gerade für die Müllabfuhr rausgebracht hat. Ihre Großmutter hatte drei Hunde. Und sie benutzte auch eine Nadel, aber keine Plastiktüte, sondern einen der beiden Eimer. Was aus ihrer Schwester rauskam, landete in dem Eimer für die Hühner. Sie hat damals gesehen, wie ihre Großmutter es aus ihrer Schwester rausgeholt hat, deshalb wusste sie auch, wie sie bei ihrer Tochter vorzugehen hatte: die Nadel reinstecken, abwarten, Schreie, Schmerzen im Bauch, Blut, dann alles, was rausgekommen ist, in den Eimer tun und den Hühnern geben. Sie hat vom Zuschauen gelernt, bei ihrer Großmutter. Und so hat sie es auch heute gemacht, genau wie in ihrer Erinnerung.

Diesmal wird es aber besser ausgehen, sie weiß nämlich, was sie tun muss, falls ihre Tochter nicht zu schreien aufhört und immer weiter Blut verliert, sie weiß, wohin sie sie bringen kann, sterben wird ihre Tochter nicht. In der Stadt gibt es Krankenhäuser oder Ambulanzen, nicht allzu weit entfernt. Ihre Großmutter wusste nicht, was sie tun sollte, es gab keinen Ort, an den sie ihre Schwester hätte bringen können. Wo sie damals lebten, gab es nichts, nicht mal

Nachbarn. Keine Schlüsselbünde, die Unmengen von Türen öffnen und wieder verschließen können. Keine Plastiktüten und keine Leute, die in den Hinterlassenschaften anderer herumschnüffeln.

Dafür gab es Hühner, die den Abfall aufpickten.

Unaufhaltsam

Sie setzt Agustín bei der Schule ab. Sie selbst steigt nicht aus, das ist jetzt nicht mehr nötig. Früher, als ihr Sohn noch kleiner war, suchte sie einen Parkplatz, stellte das Auto ab, öffnete seinen Sicherheitsgurt – vorausgesetzt, Agustín hatte zugelassen, dass sie ihn anschnallte – und half ihm beim Aussteigen. Draußen hielt sie ihn mit der einen Hand am Arm zurück, griff mit der anderen nach seinem Ranzen, überprüfte, ob er ihn nicht unterwegs geöffnet hatte, ob ihm nichts rausgefallen war, und setzte ihn dem Jungen auf. Währenddessen bewegte sich Agustín mit einer um diese frühe Tageszeit für sie unbegreiflichen Energie. Sie führte ihren Sohn an den anderen parkenden Autos vorbei zum Schulgebäude, wo sie ihm am Eingang einen Kuss auf die Stirn drückte und ihn laufen ließ. Bevor Agustín aufbrach, sagt er jedes Mal: »Tschüss, liebe Mami.«

Und sie erwiderte lächelnd: »Tschüss, lieber Sohn.« Woraufhin er losrannte, den Gang hinunter, regelmäßig mit dem einen oder anderen Mitschüler oder einer Lehrerin zusammenstieß, stolperte oder andere zum Stolpern brachte, deswegen aber keineswegs anhielt, sondern weiter in Richtung seines Klassenzimmers rannte und schließlich außer Sicht geriet. Und sie kehrte zum Auto zurück, ohne die Lehrerin, die von ihrem Sohn fast umgerannt worden war, anzusehen und ebenso wenig die Mutter, die neben ihr am Eingang gestanden und alles mitbekommen hatte.

So war es früher. Als Agustín noch klein war. Oder noch kleiner. Jetzt ist er zwölf. »Lass ihn erst mal groß werden«, hatte ihr Mann immer wieder gesagt. Und das hatte sie schließlich getan. Wie auch nicht. Nächstes Jahr kommt er in die Oberstufe. Früher stieg sie also mit aus, heute nicht mehr. Heute zieht sie sich einfach einen Mantel über den Pyjama, schlüpft, ohne sie zuzubinden, in ein Paar leichte Schuhe, fährt die fünfzehn Querstraßen von ihrem Haus bis zur Schule, hält in der zweiten Reihe und sagt zu Agustín: »Steig aus.« Und er steigt aus. Und sie ruft: »Der Ranzen!« Ohne nachzusehen, ob er ihn tatsächlich im Auto vergessen oder mitgenommen hat. Und Agustín kommt zurück und greift nach dem Ranzen. Manchmal sagt sie sich, dass er ihn nicht aus Versehen vergisst, sondern absichtlich. Damit sie das Seitenfenster runterlässt und ruft: »Der Ranzen!« Sodass er zum Auto zurückkehren und sie noch einmal ansehen kann. Und sie ihn. Er sagt aber nicht mehr: »Tschüss, liebe Mami.« Und sie erwidert nicht mehr: »Tschüss, lieber Sohn.«

Wie an jedem Morgen kehrt Luciana nach Hause zurück und legt sich wieder ins Bett, um die Zeitung zu lesen und zu frühstücken. Sie würde sich jedoch auch dann wieder ins Bett legen, wenn sie weder frühstücken noch die Zeitung lesen würde. Um diese Uhrzeit ist sie außerstande, sich den Herausforderungen des Tages zu stellen. Sie weiß, dass sie, wenn der Wecker klingelt, aufstehen und Agustín in die Schule bringen muss, darüber denkt sie nicht nach. Bei manchen Dingen gibt es nichts zu diskutieren, zum Beispiel, ob sie ihr Kind in die Schule bringt. Das erledigt sie fast mechanisch. Danach kehrt sie schnurstracks ins Bett zurück.

Als Luciana an diesem Morgen nach Hause kommt, ist Andrés im Bad fast fertig. Oder tatsächlich fertig, schwer zu sagen. Es kommt regelmäßig vor, dass ihr Mann nach dem Duschen das Wasser nicht ausstellt. Wenn Luciana ihn darauf anspricht, sagt er, dass er es absichtlich weiterlaufen lässt, weil der Dampf seinen Bart weich macht und er sich so besser rasieren kann. Es ist aber auch schon vorgekommen, dass er das Haus verlassen hat und das Wasser immer noch lief. An diesem Morgen nicht. Gerade hat er den Hahn zugedreht, jetzt kommt er nackt aus dem Bad und geht durch den Flur in die Ankleidekammer, deren Tür er offen lässt. Luciana braucht nicht hinzusehen, um genau zu wissen, was er dort macht. Er reibt sich ein paar letzte Tropfen vom Rücken, rubbelt sich mit dem Handtuch das Haar trocken, schüttelt es, zieht sich dann an. Luciana würde gerne sagen, dass er es nicht vergessen soll, damit sie sicher sein kann, dass er kommt und ihr der Ärger erspart bleibt. Aber sie weiß, dass es ihn nervt, wenn sie ihn jeden Tag aufs Neue auf die Probe stellt. Ihre Schwägerin, Andrés' Schwester, hat es ihr gesagt, als sie neulich zusammen Kaffee getrunken haben: »Kontrollier ihn nicht ständig, er ist nicht dein Sohn, er ist dein Mann, er schuftet sich für euch zu Tode, was willst du mehr?« Aber ihre Schwägerin ist fast vierzig und immer noch ledig, reist berufshalber ständig in der Welt herum, hat keine Kinder und lebt vor allem nicht mit Andrés zusammen. Beziehungsweise, als sie mit ihm zusammenlebte, war er nicht ihr Ehemann, sondern ihr Bruder, weshalb sie nicht das Gleiche empfunden haben kann wie Luciana, wenn er wieder mal alle Verbindungen zur Welt kappte, so wie er es heute noch ständig tut. »In seinem Alter wirst du ihn nicht mehr ändern«, hat ihre Schwägerin dazu gesagt, und

Luciana weiß, dass sie recht hat. Nichts zu machen. Luciana lässt aber trotzdem nicht locker, nicht seinet-, sondern ihretwegen. Denn immer wenn er etwas vergisst, wenn er mindestens zwei, wenn nicht drei Mal pro Jahr seine Brieftasche verliert, wenn er den Hausschlüssel verlegt, wenn er sie nach etwas fragt, was sie gerade gesagt hat, wenn er sein Scheckbuch, seinen Personalausweis oder die Autoschlüssel nicht findet, löst das bei ihr einen unkontrollierbaren Mechanismus aus, und sie möchte nur noch eins: jemanden umbringen. Nicht unbedingt Andrés, wen auch immer, den Erstbesten, der ihr in die Quere kommt. Umbringen. Nach einem Revolver greifen, ihn laden, entsichern, in der Handtasche verstauen, und sobald ihr der Betreffende Anlass dazu gibt, schießen.

Als sie beim Kulturteil ankommt, bindet Andrés gerade vor dem Spiegel seine Krawatte. Dann zieht er das Sakko an, greift nach der Aktentasche, kommt zu ihr, küsst sie auf die Stirn und verabschiedet sich. Luciana würde am liebsten sagen: »Vergiss es nicht, Andrés, wir haben heute einen Termin.« Aber sie hält sich zurück, sagt es nicht, vertraut ihm nicht, zwingt sich aber, ihm zu vertrauen, wie ihre Schwägerin ihr geraten hat. Schließlich hat sie es ihm gestern schon gesagt, beim Abendessen. Und noch mal, wie beiläufig, im Bett, bevor sie den Fernseher ausgeschaltet haben. Wenn sie ihn jetzt erneut darauf anspricht, wird er böse werden, auch wenn er es längst wieder vergessen hatte, das weiß sie. Er denkt, sie unterstellt ihm, dass ihm sein Sohn egal ist und dass er den Termin in der Schule vergisst, weil für ihn das Wichtigste auf der Welt seine Arbeit ist. Aber so ist das nicht, sie weiß, dass Agustín ihm wichtig ist, und wie! Bestimmt wichtiger als sie. Sie weiß aber auch, dass ihr Mann trotzdem vieles vergisst und sich von allem und jedem ablenken lässt. Nicht bei der Arbeit, da ist er der beste Finanzanalyst der Bank, deren Angestellter er seit fünf Jahren ist. Das hat der Generaldirektor bei der Jahresabschlussfeier gesagt, durchs Mikrofon, damit alle es hören konnten. Das hat ihm eine fast siebzigprozentige Lohnerhöhung eingebracht. Und einen Bonus, von dem sie sich einen ausgiebigen Urlaub in Punta Cana gegönnt haben. Außerhalb der Bank ist Andrés jedoch ein völlig anderer Mensch, als könnte er sich nach der ungeheuren Konzentrationsleistung während der Arbeit auf nichts anderes mehr fokussieren. In den Worten ihrer Schwägerin: »So ein Theater, bloß weil er einmal die Brieftasche verloren hat, aber dich möchte ich sehen, wie du auch nur eine der Finanzoperationen ausführst, die er Tag für Tag hinlegt.« Dazu wäre sie nicht imstande, das stimmt. Die Finanzwelt interessiert sie nicht, sie ist nicht gut in Mathematik, und sich für Geschäfte begeistern wie ihr Mann kann sie erst recht nicht. Sie kann ihren Sohn in die Schule bringen, ihn wieder abholen, ihm bei den Hausaufgaben helfen, mit ihm zur Kinderpsychologin oder zum Arzt oder zu Geburtstagsfeiern gehen, oder ihn zu den verschiedenen sportlichen Aktivitäten begleiten, die er bereits durchprobiert hat, viel mehr aber nicht.

Andrés küsst sie also auf die Stirn, verabschiedet sich und geht. Zwei Minuten später erscheint er wieder im Zimmer. »Was hast du vergessen?«, fragt sie.

»Ja«, antwortet er, ohne zu erklären, was.

»Was hast du vergessen?«, fragt sie noch einmal.

»Die Schuhe«, sagt er, als ginge es um seinen Terminkalender oder das Handy. Ohne die Aktentasche loszulassen, schlüpft er in ein Paar Schuhe und geht, diesmal ohne sich zu verabschieden oder sie zu küssen. Da kann sie sich nicht mehr zurückhalten, sie würde ja gerne, aber sie kann nicht, und so ruft sie ihrem Mann vom Bett aus hinterher: »Vergiss den Termin heute in der Schule nicht!« Danach ist es eine Weile still, eine Antwort bleibt aus, woraus Luciana schließt, dass Andrés die Sache tatsächlich vergessen hat.

Da ruft er: »Um vier war das, oder?«

Luciana hat das Gefühl, einen Abhang voller spitzer Steine und harter Erdklumpen hinunterzurutschen. Sie versucht, sich nichts anmerken zu lassen, und sagt, so ruhig wie sie irgend kann: »Um drei, Andrés, das Treffen ist um drei.« Ob er sie gehört hat oder nicht, weiß sie nicht – eine Antwort bleibt erneut aus. Alles, was sie zu hören bekommt, ist die Tür, die zugeht, der Motor des Autos, der anspringt, und die Räder, die über den Kiesweg rollen. Als müsste sie ihn aufhalten, greift Luciana unwillkürlich nach ihrem Telefon und fängt an, eine Nachricht zu schreiben, in der sie ihm noch einmal die Uhrzeit des Treffens mitteilt. Sie schickt die Nachricht aber nicht ab, sie hält sich gerade noch zurück. Sie wird sie erst später abschicken, kurz vor Mittag, sie will nicht übertreiben, sie will nicht, dass er sich ärgert. Vor allem aber will sie nicht, dass er ihre Nachricht in der Hektik der Arbeit gleich wieder vergisst.

Um halb zwölf steht Luciana schließlich auf. Wenn es nach ihr ginge, würde sie noch länger im Bett bleiben, aber sie hat eine Verabredung zum Mittagessen. Lust darauf hat sie nicht, aber ihr bleibt keine andere Wahl. Sie trifft sich mit den Müttern der Kinder aus Agustíns Klasse. Schon seit Jahren versucht sie solche Zusammenkünfte möglichst zu vermeiden. Immer wieder musste sie sich dabei »gut gemeinte«, aber umso schwerer zu ertragende Äußerungen über ihren

Sohn anhören. Bei einem der letzten Treffen hat sie ziemlich ungut reagiert, was für alle peinlich war. Sie hatte eine mit sanfter Stimme formulierte Attacke laut und mit Nachdruck erwidert. Was genau der Auslöser war, weiß sie nicht mehr. Im Lauf der Jahre hat sie sich über so viele Äußerungen über ihren Sohn geärgert, dass sie sie hätte aufschreiben müssen, um sie behalten zu können. »Ich bewundere dich, wirklich, so einen Jungen großziehen ist harte Arbeit.« – »Neulich in der Schule war er ja ganz schön aggressiv, nimmt er eigentlich immer noch Medikamente?« – »Durch die Behandlung wirkt Agustín wie ausgewechselt, toll!« Diese Bemerkung, die scheinbar harmloseste von allen, hat schließlich das Fass zum Überlaufen gebracht. Denn wenn etwas Luciana bis heute Schmerzen bereitet, dann die Tatsache, dass ihr Sohn »wie ausgewechselt« wirkt. Ihr machte es nichts aus, wenn er beim Essen auf dem Stuhl herumzappelte oder sie fast umrannte oder ihr viel mehr Fragen stellte, als andere Mütter, von einer Lehrerin ganz zu schweigen, hätten ertragen können. Ihr war der Agustín lieber, der inmitten seiner überbordenden Energie, die die anderen so nervös machte, zu ihr sagte: »Tschüss, liebe Mami.« Doch diesen Agustín gibt es nicht mehr. Um weiter auf die Schule gehen zu können, auf die alle die Mütter, mit denen sie sich heute zum Mittagessen trifft, ihre Kinder schicken, musste er ein anderer werden. Ein Kind, das so ist wie ihre Kinder. Deshalb geht sie diesen Treffen schon seit Längerem möglichst aus dem Weg. Die Kommentare der anderen, sei es über ihre sportlichen Aktivitäten, ihre Hausmädchen oder die sooo tollen Klamotten, die sie gerade zum Schnäppchenpreis ergattert haben, rauben ihr nicht nur die Geduld, sondern rufen das gleiche Gefühl in ihr hervor wie die ständigen Aussetzer von Andrés – den Wunsch, jemanden umzubringen. Sich die Einzelteile eines auseinandergebauten Revolvers vornehmen, sie zusammensetzen, den Revolver laden, in der Handtasche verstauen und, sobald sie klar und eindeutig das Bedürfnis verspürt, jemanden umzubringen, das dann auch tun.

Diesmal nimmt sie teil, weil es um die Gestaltung der Unterstufenabschlussfeier gehen soll. Sie hat sich über die E-Mail mit der Einladung zu dem Treffen gewundert, denn als sie selbst zur Schule ging, gab es am Ende der Unterstufe keine Feier. Sie hat zwei Mütter gefragt, mit denen sie sich etwas besser – oder nicht ganz so schlecht – versteht, und sie haben gesagt, doch, heute sei das so, alle würden das jetzt so machen. Wenn das so ist, wenn alle das so machen, werden sie und ihr Sohn natürlich dabei sein. Andrés auch. Ihm wird sie aber erst Bescheid sagen, wenn alles besprochen ist und es nur noch um den Betrag geht, den jeder beizusteuern hat. Bis dahin ist das ihre Sache, sie hat schließlich mehr Zeit als er.

Sie kommt ein paar Minuten zu spät, und obwohl in der Mitte des Tisches noch mehrere Plätze frei sind, setzt sie sich ganz ans Ende. Zur Begrüßung winkt sie kurz und haucht zwei, drei Luftküsse in unbestimmte Richtungen. Als alle bestellt haben und nun darüber diskutieren, ob zusätzlich zu der Feier für die Kinder Shirts mit ihren Namen darauf angefertigt werden sollen, schickt sie die noch ausstehende Nachricht an Andrés. Sie ändert den Text ein wenig, es soll nicht so aussehen, als ob sie ihn nur schickt, um herauszufinden, ob er an den Termin gedacht oder sich schon wieder die falsche Uhrzeit gemerkt hat. Sie schreibt: »Bin gerade mit den anderen Schulmüttern beim Mittagessen. Eigentlich müsste ich es rechtzeitig schaffen, aber, falls du unser Auto nicht auf dem Parkplatz siehst, keine Sorge – um drei, schlimmstenfalls kurz nach drei bin ich da.« Als sie aufsieht, bietet eine Mutter gerade an, Fotos aller Kinder von der ersten bis zur sechsten Klasse zu sammeln und »ein süßes kleines Video« daraus zu machen. Luciana nickt lächelnd. Aber die Mutter neben ihr hat etwas auszusetzen: »Besser du überlässt jeder von uns die Vorauswahl, sonst sind am Ende Bilder dabei, die wir nicht mögen.«

Eine andere Mutter stimmt ihr zu: »Außerdem sind nicht alle Kinder von Anfang an dabei gewesen, wenn du bloß Schulfotos nimmst, tauchen die dann viel seltener auf.«

»Ich würde vorschlagen, wir nehmen von jedem Kind drei Fotos, egal ob es allein oder mit anderen drauf ist, aber von jedem drei, dann ist es gerecht«, sagt die Mutter, die gerade eine Namensliste für die T-Shirts anfertigt, obwohl darüber noch gar nicht entschieden wurde. Luciana hat den Eindruck, jetzt seien alle einer Meinung und sie könnten sich das nächste Thema vornehmen, doch da sagt eine Mutter, die sie noch nie gesehen hat: »Und wenn wir statt dem Video ein Fotoalbum machen, wie an den Unis in den USA?« Da fängt die Diskussion von vorn an. Um Viertel vor drei steht Luciana auf, sagt, sie sollen ihr bitte Bescheid geben, wie viel jeder für die Feier, das Video und das T-Shirt beisteuern soll, und dass sie für alles, was sonst noch beschlossen wird, auf sie zählen können, dass sie jetzt aber gehen muss, »sonst komme ich zu spät zu einem anderen Termin«. Worum es dabei geht, sagt sie nicht. Sie öffnet die Handtasche – immer noch benutzt sie dieses ein wenig unförmige Modell, das zwar nicht zu ihren Schuhen passt, dafür aber Platz bietet für alles, was sie stets dabeihaben muss –, wühlt vorsichtig darin herum und holt schließlich ungefähr so viel Geld heraus, wie sie zu bezahlen hat. Sie gibt es der Mutter neben ihr, grüßt noch einmal lächelnd in die Runde. Aber als sie gerade aufbrechen will, fragt eine andere Mutter: »Geht Agustín nächstes Jahr auch hier auf die Schule?«

»Wie?« Sie versteht die Frage nicht. Oder will sie nicht verstehen. Warum sollte ihr Sohn nicht weiter auf diese Schule gehen? Die Gefahr, dass er nicht bleiben kann, weil eine Mutter sich über sein Benehmen beschwert hat, wie vor ein paar Jahren, besteht nicht, nein, ihr Sohn benimmt sich schon seit Langem gut. Seit er die Medikamente nimmt. Seit er nicht mehr sagt: »Tschüss, liebe Mami.« Weil sie und Andrés »sich kooperativ zeigen«, wie es in der Schule heißt, »wir legen nämlich großen Wert darauf, dass die Eltern unsere Ausbildungsbemühungen unterstützen«. Andrés und Luciana sind mit ihm zu einem Therapeuten gegangen, haben Untersuchungen und Tests durchführen lassen, alle möglichen Analysen, bis schließlich der Vorschlag mit den Medikamenten kam. Um sich kooperativ zu zeigen beziehungsweise damit Agustín weiter auf diese Schule gehen, ein normaler Schüler sein konnte, einer wie alle anderen, haben sie sich zuletzt auch darauf eingelassen, auf die Medikamente. Da sie immer noch schweigt, wiederholt die andere Mutter die Frage: »Geht euer Sohn hier in die Oberstufe, oder schickt ihr ihn auf eine andere Schule?«

Und obwohl sie klar und eindeutig den Drang verspürt, den Revolver zu nehmen und einer dieser Frauen, egal welcher, ein Loch in die Stirn zu schießen oder, wenn sie gut genug zielen könnte, genau zwischen die Augen, antwortet sie so gelassen wie möglich: »Klar geht er weiter hier auf die

Schule.« An der Art, wie die anderen sie daraufhin ansehen, merkt sie, dass die Mutter, die die Frage gestellt hat, nicht die Einzige ist, die denkt, dass Agustín die Oberstufe womöglich auf einer anderen Schule absolviert, nicht auf einer so anspruchsvollen zweisprachigen Schule wie die, auf der die Kinder all der anderen Mütter weitermachen werden. Vorläufig wird Luciana keine von ihnen umbringen. So gerne sie es täte, so sehr ihr danach ist. Sie stellt es sich bloß vor, wie ihr Vater früher.

»Wofür hast du den Revolver, Carlos?«, hatte ihre Mutter immer gefragt, wenn ihr Vater die Waffe in regelmäßigen Abständen reinigte, um sie anschließend wieder zu verstecken, in einem Geheimfach im Schrankboden, niemals geladen, aber immer in ein Filztuch gewickelt.

»Falls ich doch mal beschließe, jemanden umzubringen«, hatte er erwidert, und alle hatten gelacht.

»Doch, doch, Agustín macht hier weiter«, sagt Luciana und geht.

Angespannt fährt sie die wenigen Querstraßen bis zur Schule. Sie stellt das Auto auf dem Parkplatz ab und sieht sich nach Andrés' Wagen um – vergeblich. Sie wird noch nervöser. Ihn anrufen und fragen, ob er den Termin vergessen hat, kann sie nicht, sie kann ihm aber die folgende Nachricht schicken: »Wo bist du? Soll ich am Eingang auf dich warten?« Sie schickt die Nachricht. Er antwortet, er sei gerade an der Mautstelle, sie solle bitte warten. Da weiß sie, dass er sich in Wirklichkeit gerade erst an der Autobahnauffahrt befindet und frühestens in einer Viertelstunde ankommt, falls der Verkehr es zulässt. Luciana geht also langsam auf die Schule zu, aber nicht so, dass sie allzu spät kommt und die Direktorin sich ärgert. Um fünf nach drei

57

klopft sie an die Tür. »Mein Mann kommt gleich«, sagt sie zu der Sekretärin, »aber wenn Sie es eilig haben, können wir schon anfangen.« Um zehn nach drei ruft die Direktorin sie in ihr Büro. Drinnen erwarten sie bereits Agustíns Klassenlehrerin und die Schulpsychologin. Luciana setzt sich auf einen der beiden freien Stühle. »Mein Mann kommt gleich«, sagt sie auch zu ihnen, »aber wenn Sie möchten, können wir schon anfangen.«

»Gut«, sagt die Direktorin und klappt einen Ordner auf, der vor ihr auf dem Tisch liegt. Als sie gerade loslegen will, kommt Andrés ohne anzuklopfen herein, das Handy am Ohr. Sie anlächelnd sagt er noch zwei, drei Sätze zu einem unsichtbaren Gesprächspartner, beendet das Telefonat, steckt das Handy in die Tasche, entschuldigt sich für die Verspätung und setzt sich. Nachdem die Frauen eine witzige Bemerkung seinerseits mit Lachen quittiert haben, fordert die Direktorin die Schulpsychologin mit einer Handbewegung auf, zu beginnen: »Zuallererst wollten wir Ihnen sagen, dass wir wirklich stolz darauf sind, wie Agustín sich hier in der Schule entwickelt hat. Und wir sind uns durchaus bewusst, dass Sie unsere Bemühungen mit aller Kraft unterstützt haben – das Ergebnis kann sich, glaube ich, sehen lassen.«

Dann übernimmt die Direktorin: »Agustín ist inzwischen bei allen sehr beliebt, und er wird jetzt auch, was wir besonders wichtig finden, mit den Schülern, mit denen er schon in der Vorschule zusammen war, die Grundstufe beenden. Eine tolle Leistung, von ihm, aber auch von uns allen.« Luciana traut der Sache nicht, sie spürt genau, irgendwas ist faul, noch nie haben sie sie herbestellt, um ein Loblied auf ihren Sohn zu singen. Ein eindeutiges Signal ist aber bislang ausgeblieben, sie braucht also vorläufig keine Angst zu haben, dass der unaufhaltsame Mechanismus ausgelöst wird, noch hat sie sich unter Kontrolle.

»Ja«, sagt Andrés, »das war wirklich toll.« Die Lehrerin nickt lächelnd, senkt den Blick dann aber zu Boden und scharrt unbehaglich mit den Füßen.

Die Direktorin unterbricht das Schweigen und verkündet: »Trotzdem müssen wir Ihnen sagen, dass Agustín unserer Ansicht nach an dieser Schule wohl kaum erfolgreich die Oberstufe wird absolvieren können.« Luciana spürt, wie sich der Mechanismus in Gang setzt. »Unser Lehrplan ist sehr anspruchsvoll«, fährt die Direktorin fort, »die Prüfungen orientieren sich an internationalen Standards, und die Schultage sind äußerst lang.« Andrés macht ein angespanntes Gesicht, verschränkt die Arme, lässt die Frau aber erst einmal ausreden. »Nur weil Patricia«, sagt die Direktorin und deutet auf die Lehrerin, die kurz aufblickt, sie ansieht und gleich darauf wieder ihre Füße anstarrt, »sich die ganze Zeit über besonders um ihn bemüht hat, hat er die Abschlussprüfungen bestanden.« Luciana zieht sich der Magen zusammen, sie presst die Handtasche dagegen, als könnte das den Schmerz lindern. Es lindert den Schmerz tatsächlich. Die Direktorin spricht weiter, oder wiederholt, was sie gesagt hat.

Da wird sie von Andrés unterbrochen: »Bei dem, was wir monatlich bezahlen, kann man, glaube ich, erwarten, dass Sie sich besonders um unseren Sohn bemühen, und in der Oberstufe wird die Sache ja noch um einiges teurer, da sollte es eigentlich kein Problem sein, dass Sie Ihre Bemühungen entsprechend verstärken.« Als die Direktorin gerade antworten will, klingelt Andrés' Handy. »Entschuldigung, ich dachte, ich hätte es ausgestellt«, sagt er und nimmt den

Anruf an. »Hallo? Ja ... Wer?« Es folgen noch zwei, drei Sätze, dann beendet er das Gespräch, und die Schulpsychologin meldet sich zu Wort. Dem, was sie sagt, ist anzumerken, dass sie sich auf das Treffen vorbereitet hat. »In der Oberstufe hätte Agustín vierzehn verschiedene Fachlehrer und keine Klassenlehrerin mehr wie bisher Patricia.«

»Dafür sind Sie aber da«, sagt Andrés, »Sie sind doch zuständig für diese ganzen Psychothemen, oder nicht?« Er spricht ruhig, aber in einem ähnlichen Tonfall wie die Mutter, die Luciana vorhin gefragt hat: »Geht Agustín nächstes Jahr auch hier auf die Schule?«

»Wir wollen, dass es Ihrem Sohn gut geht«, sagt die Direktorin, »das wollen wir alle, Sie auch, wir sind aber überzeugt, dass es besser wäre, eine andere Schule für ihn zu suchen, eine Schule, wo den Schülern nicht so viel abverlangt wird und wo man seine Besonderheiten berücksichtigt.«

»An ihm ist nichts Besonderes mehr«, unterbricht Luciana sie. Zum ersten Mal meldet sie sich in dieser Runde zu Wort. »Doch«, sagt die Schulpsychologin, »doch, was sein Verhalten angeht, hat Agustín einen Riesensprung gemacht, unglaublich, das wissen wir wirklich zu schätzen. Aber der Lehrstoff macht ihm immer noch Probleme, er ist zwar nicht schlecht, das Spitzenniveau, für das diese Schule steht, erreicht er aber trotzdem nicht.«

»Spitzenniveau?«, sagt Andrés und lacht. »Lassen wir es drauf ankommen, einverstanden? Auf unser Risiko. Ich kann mir außerdem nicht vorstellen, dass Sie vor Gericht mit Ihren Argumenten durchkämen.« Die Worte »vor Gericht« hallen wie ein Donnerschlag im Büro wider, Luciana kommt es jedenfalls so vor. Immer deutlicher und unaufhaltsamer spürt sie den Drang in sich aufsteigen. »Wenn wir den Schulplatz für nächstes Jahr nicht bekommen«, sagt Andrés, »schalten wir einen Anwalt ein, der wird sich um alles kümmern.« Agustíns Klassenlehrerin sieht ihn an, dann Luciana, als wollte sie etwas zu ihr sagen, doch sie traut sich nicht und senkt den Blick wieder.

Die Direktorin sagt: »Glauben Sie mir, für Ihren Sohn ist es besser so.«

»Glauben Sie mir«, erwidert Andrés, »wir lassen es drauf ankommen.« Luciana versteht nur einzelne Wörter, das Einzige, was sie in diesem Augenblick beschäftigt, ist das Verlangen, das sie so gut kennt – der Wunsch, jemanden umzubringen. Der Schmerz, der sich durch ihre Wirbelsäule zieht, der Magen, der sich verkrampft. Und ihre Handtasche. Sie öffnet den Reißverschluss und schiebt die Hand hinein, während die Schulpsychologin verkündet: »Agustín kann sich nicht ausreichend konzentrieren. Was sein Verhalten angeht, haben die Medikamente geholfen, aber er hat weiterhin Konzentrationsschwierigkeiten, nicht allzu schlimm, aber eine Einschränkung ist es trotzdem.«

»Er ist traurig«, sagt Luciana, aber niemand hört sie. Sie versucht es lauter: »Er ist traurig«, schreit sie fast. Die Lehrerin sieht sie an.

»Was redest du da?«, erwidert Andrés vorwurfsvoll. »Von wegen traurig, das Problem ist, dass in dieser Schule keiner Lust hat, sich mit einem Schüler zu befassen, der nicht hundertprozentig der Norm entspricht.«

»Das stimmt nicht, und das wissen Sie auch, wir haben immer …«, sagt die Direktorin.

»Er entspricht jetzt der Norm, hundertprozentig«, sagt Luciana, aber wieder hört sie niemand, nicht mal die Lehrerin, denn um den Drang, der in ihr aufsteigt, im Griff zu behalten, presst Luciana beim Sprechen viel zu fest die Zähne aufeinander.

»Was ich weiß oder nicht weiß, wird mir mein Anwalt erklären, sobald ich hier rausgehe und ihn anrufe«, sagt Andrés drohend. »Gehen wir?«, fragt er Luciana, die keine Anstalten macht, aufzustehen. Seine Worte klingen nicht wie eine Frage, sondern wie ein Befehl. Sie sieht ihn an, dann die Schulpsychologin, dann die Direktorin, zuletzt die Klassenlehrerin. Jedes Mal richtet sie den Blick auf eine Stelle an der Stirn, genau zwischen den Augen. Sie steht aber immer noch nicht auf. Die anderen warten ab, ihnen ist bewusst, dass sie Zeit braucht, wofür, wissen sie jedoch nicht. »Agustín ist nicht mehr anders«, sagt Luciana, »er ist jetzt genau wie die anderen.« Dann steht sie endlich auf, die Handtasche ist offen, in der Handtasche ist ihre Hand, der Zeigefinger am Abzug des Revolvers, der einst ihrem Vater gehört hat, der Revolver ist geladen und entsichert. Die Hand und der Revolver sind noch in der Tasche, aber sie zielt auf sie alle, egal auf wen. Von einer Stirn zur nächsten – die von Andrés, die der Direktorin, die der Schulpsychologin, die der Klassenlehrerin. Sie umklammert ihre Handtasche, von deren Inhalt sich niemand eine Vorstellung macht. Diesmal ist es vielleicht so weit, diesmal bringt sie vielleicht wirklich den nötigen Mut auf.

Ein Schuh und drei Federn

Ohne die Sonnenbrille abzunehmen, betrat ich das Gran Hotel Sarmiento, das einzige Hotel in ganz Unquito. Drinnen wartete ich, bis der Mann an der Rezeption, der so alt war, dass er mich hätte wiedererkennen können, mit einem anderen Gast beschäftigt war. Erst dann näherte ich mich seinem Kollegen, der augenscheinlich gerade erst die Schule beendet hatte, und fragte nach dem für mich reservierten Zimmer. Dabei gab ich nicht meinen Namen an, sondern den der Firma, für die ich arbeitete.

Das Gepäck trug ich selbst hinauf und richtete mich im Zimmer ein. Zögernd trat ich ans Fenster. Hinter den Vorhängen erwartete mich die Plaza des Ortes, das wusste ich. Immer noch zögernd, drehte ich am Knauf und öffnete. Ein kalter Wind schlug mir entgegen. In der Dämmerung gingen die Quecksilberdampflampen an, die violett glühen, bevor sie ihre eigentliche Leuchtkraft entfalten. Ich hielt nach der Bank Ausschau, wo ich mich vor zwanzig Jahren von meinem älteren Bruder José verabschiedet hatte. Eine Steinbank. Zum Abschied hatte ich ihm ein Kaleidoskop geschenkt. José drehte daran, während ich die Straße, die von der Plaza schräg zum Busbahnhof führt, entlangging, ohne mich umzudrehen und ihn noch einmal anzuschauen. Ich hatte nicht den Mut dazu. Später habe ich oft versucht, mir vorzustellen, was José damals gesehen hat – die vielen Teile meiner selbst, die sich auf dem Glasplättchen des Kaleidoskops in alle möglichen Richtungen entfernten.

Ich machte das Fenster zu und rief mir ins Gedächtnis, warum ich jetzt in meinem Geburtsort war, obwohl ich mir einst geschworen hatte, nie wieder herzukommen. Ich arbeitete als Programmierer, und meine Firma hatte mich zur Filiale eines ihrer Kunden geschickt, um deren Computersystem auf den neuesten Stand zu bringen. Als mein Chef sagte, es gebe bei einer Zweigstelle der Deutschen Bank außerhalb von Buenos Aires etwas zu erledigen, wäre ich nicht im Traum darauf gekommen, dass diese sich in Unquito befinden könnte. Für gewöhnlich macht man sich nicht klar, dass das, was man zurücklässt, sich verändert. In der Erinnerung altern weder die Bekannten noch verfallen die Häuser oder wachsen die Bäume weiter. Als ich aus Unquito fortging, gab es dort nur eine Zweigstelle des Banco Provincial, und im ganzen Ort wohl kaum mehr als ein, zwei Computer. In der Zwischenzeit hatte sich jedoch einiges verändert, und ich versuchte meine erneute Anwesenheit im Ort herunterzuspielen, indem ich mir sagte, dass ich mein Versprechen nur gebrochen hatte, um meinen Job nicht zu verlieren.

Ich verzichtete aufs Abendessen. Ich wollte früh aufstehen, meine Arbeit so schnell wie möglich erledigen und dann sofort nach Buenos Aires zurückfahren. Am nächsten Tag war ich noch vor dem Morgengrauen auf den Beinen. Als ich zur Bank kam, war dort jedoch nur der Nachtwächter. Er bat mich, in einer Stunde zurückzukehren, dann sei sein Chef da. Ich beschloss, ein Weilchen spazieren zu gehen, um die Zeit rumzubringen, wie ich mir sagte. Mir war klar, dass ich besser ins Hotel gegangen wäre, aber meine

Beine nahmen keine Rücksicht auf derlei Erwägungen und schlugen eine andere Richtung ein.

Von der Ecke Calle Roca und Calle Alsina aus konnte ich das Schild des Fahrradgeschäfts Rivera bereits sehen. Ich ging darauf zu, ich wollte das Haus, in dem ich geboren war, genauer in Augenschein nehmen. Die Tür neben dem eigentlichen Geschäft hatte man gegen eine neue ausgetauscht, ich war mir aber sicher, dass sie immer noch in denselben Raum führte, in die Küche mit dem massiven Holztisch, der fast den gesamten Platz einnahm. Das Fenster meines ehemaligen Zimmers war geschlossen. Durch die Ritzen in den Läden von Josés Fenster drang Licht. Ich konnte sehen, wie sich der Schatten meines Bruders im Raum umherbewegte. Um mehr erkennen zu können, ging ich noch näher auf das Haus zu. Als plötzlich mit lautem Rattern die Metalljalousie hochgezogen wurde, fuhr ich erschrocken zusammen. Das Bein mit dem orthopädischen Schuh von Don Rivera, meinem Vater, wurde sichtbar, dann seine starken Arme, die sich im Takt der Kette auf und ab bewegten. Bevor sein Gesicht erschien, machte ich kehrt und ging fort.

Ich arbeitete den ganzen Tag durch. Abends um acht musste ich mir sagen, dass es unmöglich war, das System noch vor Abfahrt des letzten Busses nach Buenos Aires korrekt einzustellen. Ich beschloss also, am nächsten Tag wiederzukommen. Beim Rausgehen traf ich auf einen anderen Wachmann als am Morgen, der mich sogleich erkannte: »Marcelo, na so was, schön, dich zu sehen! Da wird sich Josecito aber freuen! Und Don Rivera auch … Grüß sie von mir!«

Vor der Bank wartete ein Auto, das mich ins Hotel bringen sollte, aber ich verzichtete und ging zu Fuß. Dabei dachte ich an José. Ich wollte nicht, dass er erfuhr, dass ich da gewesen war, ohne ihn zu besuchen. Weggehen und nie mehr wiederkommen ist das eine, etwas ganz anderes ist es, so zu tun, als gäbe es die Übrigen nicht. Seinerzeit hatte ich zu José gesagt, ich würde nie mehr nach Unquito zurückkehren, und er hatte es verstanden. Aber nun war ich hier und dachte an ihn, wie so oft – diesmal jedoch nur wenige Querstraßen von ihm entfernt.

José war zehn Jahre älter als ich. Nach dem Tod meiner Mutter hatte ich mich wie ein Schiffbrüchiger an ihn geklammert. Obwohl sein Gehirn nicht so schnell arbeitet wie bei den übrigen Menschen, ist er weiser als ich. Und stärker. Er war imstande, zu weinen, wenn es nötig war, und mich zu trösten, der ich nicht weinen konnte. Er war aber auch derjenige, den ich eines Nachmittags, im Tausch für ein Kaleidoskop, auf der Plaza zurückließ.

Ich setzte mich in die Hotelbar und aß ein Sandwich. Mehrere Angestellte hatten mich bereits erkannt, ich versuchte also gar nicht mehr, mich unsichtbar zu machen. In diesem Augenblick trug mein Bruder zu Hause bestimmt gerade das Abendessen auf, so wie meine Mutter es immer getan hatte, als wir Kinder waren, und so wie José es tat, seit sie gestorben war. Das Bild des massiven Holztischs in unserer Küche stieg vor meinem inneren Auge auf, und ich bemühte mich vergeblich, es zu verscheuchen. Ich sah vor mir, wie meine Mutter mit den Schüsseln hin und her ging, sah meinen Bruder und mich, einander gegenüber am Tisch sitzend, und den leeren Platz Don Riveras, auf dem er sich erst niederließ, wenn alles bereit war. Mein Bruder und ich spielten, kitzelten uns gegenseitig, bis im Flur das Geräusch von Vaters orthopädischem Schuh, dessen hölzerne Plateausohle das kürzere Bein ausglich, zu hören war, woraufhin wir augenblicklich erstarrten. Meine Mutter drehte sich mit sanftem, aber entschlossenem Gesichtsausdruck zu uns um, um zu überprüfen, dass keiner von uns lachte. Lachen war im Hause Rivera verboten. Mein Vater hatte es so verfügt, nach einem schlimmen Asthmaanfall meiner Mutter, der im Krankenhaus geendet hatte. Vater Rivera dekretierte, vom Lachen könne sie erneut einen solchen Anfall bekommen, ja, schlimmstenfalls sogar sterben, weshalb niemand ihm zu widersprechen wagte. Dafür fing irgendwann das mit dem heimlichen Lachen an. Als Vater eines Tages nach dem Mittagessen wieder in seiner Fahrradwerkstatt verschwunden war, führte meine Mutter uns in die Dachkammer hinauf. Angeblich wollte sie uns ein Spiel beibringen. Bevor es losging, verriegelte sie sorgfältig die Tür. Dann sagte sie, wir sollten Schuhe und Strümpfe ausziehen, was sie selbst auch tat. Sie holte drei Federn aus ihrer Schürzentasche, die sie unserem Hahn geraubt hatte, und gab jedem von uns eine. Dann ergriff sie Josés Fuß und strich ganz langsam mit der Feder über die Sohle. José hätte am liebsten laut aufgelacht, traute sich aber nicht. »Mama, nicht«, sagte er. Ich war kaum weniger erschrocken, sah dann jedoch meine Mutter an, die lächelte, und da begriff ich. Ich nahm meine Feder und fing an, meine Mutter zu kitzeln, die lauthals loslachte, bis ihr der Bauch wehtat. Da fing auch ich an zu lachen, und zuletzt stimmte José, der immer noch nicht begriff, ebenfalls in das Gelächter mit ein. Wir lachten, bis uns die Tränen in den Augen standen. Keiner sagte ein Wort. Niemand erwähnte das Verbot. Bis wir schließlich wieder nach unten gingen und unseren normalen Alltag fortsetzten. Von da an jedoch lebten wir zu Hause ständig in sehnsuchtsvoller Erwartung des Moments, in dem unsere Mutter wieder die Federn aus der Schürzentasche zog, damit wedelte und so das Zeichen zum Aufbruch in die Dachkammer gab, wo wir uns dem Lachen überließen.

Mithilfe einer großzügigen Portion Whisky schlief ich ein. Ich träumte von José. Am nächsten Morgen bezahlte ich die Rechnung und ging mit meinem Koffer zur Bank. Meiner Einschätzung nach würde ich nicht mehr als ein paar Stunden benötigen, um das Computersystem endgültig einzustellen. Danach könnte ich auf direktem Weg zum Busbahnhof gehen. Ich brauchte zwar länger als gedacht, dennoch funktionierte um sieben Uhr abends schließlich alles so, wie es sollte. Wenn ich mich beeilte, konnte ich also den Acht-Uhr-Bus noch erreichen. Als ich am Bahnhof ankam, war der Fahrer bereits dabei, das Gepäck einzuladen. Ich warf einen Blick in den Bus und sah, dass noch mehrere Plätze frei waren. Ich ging zum Fahrkartenschalter und verlangte ein Ticket für den Bus, der gleich losfahren sollte. Gleich darauf fragte ich, ohne nachzudenken, ob es hier eine Gepäckaufbewahrung gebe. Der Kartenverkäufer sah mich irritiert an. Ich wiederholte die Frage, woraufhin der Mann bloß »ja« sagte und mir das Ticket aushändigte. »Dann geben Sie mir bitte statt dieser Karte eine für den Bus um elf.« Offenkundig verärgert, tat der Mann, worum ich ihn gebeten hatte.

Ich ging zum Fahrradgeschäft und betrachtete es vom gegenüberliegenden Bürgersteig aus. In Don Riveras Zimmer brannte Licht, bestimmt legte er gerade die ölverschmierte Arbeitskleidung ab und zog frische Sachen an, bevor er zum Abendessen nach unten ging. Ich sah das Zimmer vor mir, das er mit meiner Mutter teilte, das Bettgestell aus Bronze, die Decke mit dem gestärkten Bezug. Dann fiel mir die Nacht wieder ein, in der ich sie jammern und husten hörte, während von ihm Keuchen zu vernehmen war. Ich erinnerte mich an die Angst, die ich empfunden hatte und die mich in meinem Bett immer kleiner und kleiner werden ließ. Bis es plötzlich still wurde, doch als ich gerade dabei war, mich wieder ein wenig zu beruhigen, rief er laut den Namen meiner Mutter. Kurz darauf hörte ich das Stampfen seines orthopädischen Schuhs, der hastig die Treppe hinunterstieg. Dann fiel er, glaube ich, hin, ich hörte jedenfalls einen dumpfen Aufprall, einen Fluch und wenige Minuten später das Knallen der Haustür. Da stand ich auf und lief zu Mamas Zimmer. Sie lag nackt da und war tot. Gleich darauf erschien José und fragte, was los sei. Unfähig, zu antworten, stand ich reglos an der Tür. José schob mich zur Seite und warf sich auf sie, sprach mit ihr, sagte, alles werde gut werden, und bedeckte sie mit einem Laken. Dann fing er an zu weinen. Bis Don Rivera mit einem Arzt ins Zimmer kam und uns brüllend hinauswarf.

Mein Vater ließ den Leichnam verbrennen und kippte die Asche in den Bach. Das verzieh ich ihm nie. Ich war damals acht, und wir hätten so dringend ein Grab gebraucht. Das sagte ich auch zu José. Da ging er mit mir in die Dachkammer hinauf, während Don Rivera Siesta hielt. Oben fingen wir nicht an zu lachen, wir machten uns auf die Suche nach ihr. Auch nach den Federn suchten wir, lange, konnten sie aber nirgendwo finden.

Ich klingelte, und José öffnete die Tür. Unfähig, zu reagieren, blickte er mich an. Dann umarmte er mich, mit dem ganzen Körper, wie Mama es ihm beigebracht hatte. Wir betraten die Küche. Ich hatte gedacht, wenigstens ein Teil der Wunden sei vernarbt, aber beim Anblick des massiven Holztischs durchfuhr mich ein Schmerz, als wäre nicht ein einziger Tag der letzten zwanzig Jahre vergangen. Auf dem Tisch standen zwei Teller, José stellte noch einen für mich dazu. Ich sagte, ich hätte nur wenig Zeit, in ein paar Stunden fahre der Bus nach Buenos Aires. José schien mich nicht zu hören. Weder er noch ich fragten, was in all den Jahren passiert war, in denen wir uns nicht gesehen hatten. Stattdessen taten wir, als wären wir erst am Vortag auseinandergegangen und würden uns schon morgen wiedersehen. Ich trat an die Kommode neben dem Fenster. In den Rahmen mit Mamas Foto hatte José die drei Federn gesteckt. Ich sah ihn an. »Es sind nicht die von Mama, es sind andere«, erklärte er wie zur Entschuldigung. Ich strich mit dem Handrücken über die drei Federn. »Das Essen ist fertig«, sagte er. »In fünf Minuten kommt Papa runter.« Er setzte sich an seinen Platz und ich an meinen. Schweigend warteten wir, bis schließlich das Stampfen des Schuhs meines Vaters einsetzte. Ich klopfte dazu mit der flachen Hand auf den Tisch, sanft und immer dann, wenn kein Stampfen zu hören war, weil mein Vater gerade mit dem gesunden Fuß auftrat. Gleichzeitig zählte ich, wie damals, als wir noch Kinder waren, seine Schritte. Seit Mamas Tod zählte ich Don Riveras Schritte, egal von welchem Teil des Hauses aus er sich näherte. José sah mich lächelnd an.

»Fünfundfünfzig«, sagte ich.

»Fünfundfünfzig«, bestätigte José. So oft musste er mit dem kürzeren Bein auftreten, um die Treppe hinunter und weiter bis zur Küchentür zu gelangen. Nach dem vierundfünfzigsten Schritt hörte ich mit dem Klopfen auf. Die Tür öffnete sich, und José sagte: »Sieh mal, wer da ist, Papa.«

Don Rivera ließ sich die Überraschung nur für einen kurzen Moment anmerken, dann setzte er sich an den Tisch, als wäre nichts. »Hallo«, sagte er.

»Hallo«, antwortete ich.

»Was führt dich her?«

»Die Arbeit«, sagte ich. Damit war die Begrüßung auch schon beendet. Anschließend taten wir, als säßen wir Abend für Abend beisammen und unterhielten uns über so alltägliche Dinge wie Wetter, Wirtschaft, Fußball. José trug gerade den Nachtisch auf, als das Telefon läutete. Don Rivera erhob sich, um dranzugehen. Während er sich dem Apparat näherte, konnte ich der Versuchung nicht widerstehen und klopfte mit der flachen Hand auf den Tisch, immer dann, wenn mein Vater mit dem gesunden Fuß auftrat. José sah mich an, zuerst erschrocken, dann bloß überrascht. Mein Vater drehte sich ungläubig um, ging aber weiter auf das Telefon zu. Ich klopfte und klopfte. Ohne den Blick von mir abzuwenden, nahm mein Vater den Hörer ab. José drückte mir mein Nachtischschälchen in die Hände, damit sie mit etwas anderem beschäftigt waren. Irgendwann legte Don Rivera auf und kehrte zum Tisch zurück. Ich ließ den Nachtisch Nachtisch sein und fing wieder an zu klopfen. Mein Vater blieb am Kopfende des Tisches stehen und sah mich unverwandt an. Ich hielt seinem Blick stand.

»Was willst du hier?«, sagte er.

»Er ist wegen der Arbeit gekommen«, sagte José hastig.

»Was willst du hier, verdammt?«, schrie mein Vater und schlug mit der Faust auf den Tisch. Es sah so aus, als würde er noch etwas hinzufügen. Dick, alt, rot vor Zorn stand er da. Da fing ich an zu lachen. José war wie gelähmt, mein Vater wütend. Ich lachte und lachte. Er kam zu mir und

packte mich am Kragen. »In diesem Haus wird nicht gelacht!«, sagte er und schüttelte mich. José versuchte, uns zu
trennen. Offensichtlich war mein Vater nach all den Jahren
nicht mehr so stark wie früher, denn zuletzt stieß er mich
einfach auf den Stuhl zurück. Ich verlor das Gleichgewicht
und wäre fast zu Boden gefallen. José hielt mich gerade noch
fest. »Verschwinde«, sagte Don Rivera, bevor er die Küche
verließ. Ohne zu stampfen, stieg er die Treppe hinauf. José
stellte sich vor mich und schloss mich in die Arme. Er zit-
terte. Ich legte meinerseits die Arme um ihn. So standen wir
eine Weile da.

Um elf nahm ich den Bus nach Buenos Aires. Ich wollte
nicht, dass José mich zum Bahnhof begleitete. Ich fragte
mich, ob er das Kaleidoskop wohl noch hatte, während ich
durchs Fenster beobachtete, wie die Lichter des Ortes hinter
mir zurückblieben.

Mariano Osornos Mutter

Tooooooooooor!«, rief Rodrigo, nachdem er in der linken oberen Ecke den fünften Treffer platziert hatte, und stürmte mit offenen Armen auf seine Mitspieler zu. Aber schon nach wenigen Schritten traf ihn ein Tritt von hinten genau gegen die Wade. Rodrigo stürzte zu Boden, doch obwohl es höllisch wehtat, drehte er sich auf den Rücken, um zu sehen, welcher Hurensohn das gewesen war. Und mit genau diesem Ausdruck bedachte er auch Mariano Osorno, der ihn mit in die Hüften gestemmten Armen von oben herab musterte und schimpfte, der Pass sei für ihn bestimmt gewesen und er, Rodrigo, habe ihm sein Tor geklaut. »Hurensohn!«, rief Rodrigo, »Hurensohn!« Und er wollte es gerade zum dritten Mal sagen, da stürzte Mariano sich wütend mit den Fäusten auf ihn: »Meine Mutti ist keine Hure, meine Mutti ist keine Hure!« Rodrigo begriff nicht – was hatte Marianos Mutter mit alldem zu tun? In der Verwirrung brauchte er eine Weile, um sich angemessen zur Wehr zu setzen, sodass der erste Fausthieb ihn mitten im Gesicht traf. Die Prügelei artete nur deshalb nicht allzu sehr aus, weil ihre Mitspieler sie gleich darauf trennten und wenig später auch ihr Trainer Ayala seinen massigen Körper zwischen die beiden schob. »Leute, das hier ist ein Fußballspiel und kein Boxkampf, die Hände haben dabei nichts zu suchen, und Probleme regeln wir, indem wir Tore schießen, kapiert?«, sagte Ayala mit Nachdruck.

»Er hat mir gegens Bein getreten!«, rief Rodrigo.

»Bei jedem Spiel sagt er Hurensohn zu mir!«, erwiderte Mariano Osorno. Sobald es Ayala gelungen war, die Jungen einigermaßen zu beruhigen, pfiff er die Partie ab, obwohl bis zum Ende der zweiten Halbzeit noch drei Minuten zu spielen waren. Gleich darauf forderte er die Mannschaft auf, sich vor der Ersatzspielerbank im Halbkreis auf den Boden zu setzen, und hielt eine kleine Ansprache. Er redete über Fairness und darüber, dass die Gewalt »die Grundfesten unserer Gesellschaft ins Wanken bringt« und dass »wir doch alle zum selben Team gehören«, und »außerdem ist das ein Freundschaftsspiel, Jungs« und »wir wollen hier natürlich gewinnen, aber wir wollen doch auch auf saubere Weise unseren Spaß haben«. Doch obwohl er sich so viel Mühe gab, stand Mariano Osorno mitten in der Ansprache einfach auf, ging zu seinem Fahrrad und radelte davon. Kurz danach ließ Ayala den Rest der Mannschaft abtreten: »Na, dann geht mal, eure Mütter warten bestimmt schon mit der Pastasciutta.« Auch wenn weder Rodrigo noch seine Freunde wussten, was Pastasciutta sein sollte, packten sie Fußballschuhe und Schienbeinschoner ein und machten sich auf den Heimweg. »Wir sehen uns nächsten Dienstag beim Training«, rief Ayala ihnen von der leeren Bank aus hinterher. Aber da durchquerten die Jungen der U12-Mannschaft bereits die Bar, und seine Worte gingen im Lärm der erwachsenen Vereinsmitglieder unter, die sich eine klassische »Club-Moreno-Sonntagmittagsplatte« teilten.

Die Sache mit dem Fußtritt und der anschließenden Prügelei wäre zweifellos in Vergessenheit geraten, wäre nicht am nächsten Dienstag bei Trainingsbeginn auch Mariano Osornos Vater in Anzug und Krawatte im Verein erschienen. Mit angespanntem Gesicht zog er seinen Krawattenknoten zurecht und ging am Spielfeldrand hin und her. Ayala dachte sich nichts dabei, er kannte den Mann nicht, aber es war zweifellos der Vater eines der Jungs aus seiner Mannschaft. Es kam regelmäßig vor, dass ein Vater nach der Arbeit vorbeischaute, um seinem Sohn beim Spielen zuzusehen, das war bei diesem Verein nicht anders als bei allen anderen Clubs, in denen Ayala schon Kinder- und Jugendmannschaften trainiert hatte. Dass die Väter kamen, um ihren Söhnen ihr Interesse zu zeigen, fand er in Ordnung, was er hingegen nicht mochte, war, wenn sie fragten: »Und, glaubst du, aus meinem wird mal was, Ayala?« Woraufhin ihm nichts anderes übrigblieb, als zu lügen oder sich eine elegante Ausrede zurechtzulegen, denn woher sollte *er* wissen, ob aus jemandem mal was wird oder nicht? Ihm selbst hatte man einst eine Zukunft bei einem großen Verein aus der ersten Liga vorausgesagt, doch am Ende war er Trainer von Halbwüchsigen in irgendwelchen Bezirksligaclubs geworden. Aus Stümpern wurde so oder so nichts, das war klar, weshalb deren Eltern gar nicht auf die Idee kamen, dumme Fragen zu stellen. Die Stümper waren nicht das Problem, das Problem waren die Jungs, die »schön« spielten. Aber schön spielen allein reicht nicht. Immer wieder bekam er es als Trainer mit Eltern zu tun, die auf dem Holzweg waren und ihre Söhne wie auch ihn selbst stark unter Druck setzten. Und das konnte Ayala nicht ertragen. Er sagte dann immer das Gleiche: »Also im Besitz der Kristallkugel bin ich nicht, sonst wär ich Millionär und würde mich nicht mit Amateurmannschaften rumschlagen, klar?« Jedenfalls nahm

Ayala an, dass auch dieser geschniegelte Vater zum Training erschienen war, um zu sehen, ob aus seinem Jungen vielleicht was werden konnte.

So war es aber nicht. Als Rodrigo mit mehreren Freunden eintraf, stürzte Mariano Osornos Vater sich auf ihn. »Hör mal, du Idiot, leg dich bloß nicht noch mal mit meiner Frau an, sonst schlag ich dich tot, hast du gehört? Ich schlag dich tot«, sagte er und lief knallrot an. Dazu bewegte er die verkrampften Hände wie Klauen in der Luft, als hätte er am liebsten jetzt sofort auf Rodrigo eingeprügelt.

Ayala beobachtete den Vorfall aus der Ferne, ohne zu begreifen, worum es ging. Zunächst hielt er den Mann für Rodrigos Vater, der gekommen war, um seinem Sohn wegen irgendetwas die Ohren lang zu ziehen, aber die Gesichter der anderen Jungen und auch sein eigener Instinkt sagten ihm, dass mehr im Spiel war, weshalb er rasch zu ihnen ging. Als er die Gruppe erreichte, war Mariano Osornos Vater schon wieder verschwunden. Die Jungen versuchten ihm zu erklären, was vorgefallen war. »Er hat gesagt, er schlägt ihn tot, Trainer, er schlägt ihn tot, hat er gesagt«, wiederholten sie, mit diesen oder ähnlichen Worten, immer wieder.

»Wer war das denn?«, fragte Ayala Rodrigo.

»Keine Ahnung, ich kenne ihn nicht, er hat irgendwas von seiner Frau gesagt.«

»Von seiner Frau?«, sagte Ayala, der immer weniger begriff.

»Das ist der Vater von Mariano Osorno«, erklärte einer der Jungen, der in Marianos Klasse ging. Die Jungen wie auch Ayala sahen sich suchend nach Mariano um, aber der war noch nicht da.

»Und was war mit der Frau?«, fragte Ayala Rodrigo.

»Nichts, ich kenne sie überhaupt nicht. Zu ihrem Sohn hab ich Hurensohn gesagt, als er mich letztes Mal getreten hat, aber zu seiner Mutter hab ich nichts gesagt.«

»Aaah«, sagte Ayala, der endlich begriff. »Mannomann, manche Leute sind vielleicht empfindlich, das macht die Sache nicht einfacher …« Die Hand am Kinn, schüttelte er den Kopf, als dächte er nach. »Keine Sorge, Junge, jetzt ist mir die Sache klar, vielleicht sind die nicht von hier, keine Ahnung, manche Leute sind eben so, auf bestimmte Ausdrücke reagieren die total empfindlich.« Im selben Augenblick kam Mariano Osorno angeradelt. Er stellte das Fahrrad ab und trabte, ohne bei ihnen anzuhalten, aufs Spielfeld, als wüsste er, dass sie gerade über ihn sprachen. »Nachher gibts 'ne kleine Ansage, und dann wird auch alles Übrige klar, keine Sorge, Rodrigo«, verkündete Ayala.

»Aber er hat gesagt, er schlägt ihn tot«, fing einer der Jungen wieder an.

»Schon gut, los jetzt, alle Mann auf den Platz«, erwiderte der Trainer und scheuchte das Grüppchen auf.

Das Training verlief ohne besondere Zwischenfälle. Ayala sorgte dafür, dass Rodrigo und Mariano weit genug voneinander entfernt zum Einsatz kamen, sodass sie sich schlimmstenfalls mit den Blicken begegneten. Als sie fertig waren, sagte Ayala, alle sollten sich die Trainingsanzüge anziehen, damit sie sich nicht erkälteten, er werde nämlich noch »eine kleine Ansage machen, zur Spieltechnik und so, das habt ihr dringend nötig, Jungs«. Er fing ziemlich abstrakt an, sprach davon, dass die Wörter manchmal scheinbar etwas bedeuten, was sie aber in Wirklichkeit gar nicht bedeuten, dass der eine manchmal etwas ganz anderes versteht, als der andere gemeint hat, dass es Umschreibungen gibt, die zu Missverständnissen führen können. Dann redete er noch ein Weilchen um den heißen Brei herum und behalf sich dabei mit allen nur denkbaren Gemeinplätzen – dass Wörter flüchtig sind wie der Wind, dass er jemand sei, der zu seinem Wort steht, dass man aber nicht jedes Wort auf die Goldwaage legen dürfe und dass man sich manchmal, wenn man nicht aufpasst, nur allzu leicht um Kopf und Kragen reden könne. Doch so viel er auch redete, den Jungen war an den Gesichtern deutlich abzulesen, dass sie nicht begriffen, was er ihnen sagen wollte. Da gab er es auf und entschied sich, die Sache direkt anzugehen. Er sah Mariano Osorno an und legte los. »Wenn man zum Beispiel zu jemandem sagt, ›du Vollpfosten‹, heißt das dann, dass derjenige ein Stück Holz ist?«, fragte er und blickte die Jungen erwartungsvoll an. Aber keiner schien sich zu einer Antwort aufraffen zu können. »Und? Ein Vollpfosten ist ein Stück Holz, oder wie?«, setzte er nach und zeichnete mit den Händen einen imaginären Pfosten in die Luft. »Was ist denn nun ein Vollpfosten?«, fragte er, mit der Geduld am Ende.

»Ein Trottel«, sagte ein Junge.

»Ein Idiot«, ergänzte ein anderer.

»Genau, sehr gut«, erwiderte Ayala begeistert, »ein Trottel, ein Idiot, ein Schwachkopf, sagen wirs klar und deutlich, aber doch kein Stück Holz, und mit den Pfosten, zwischen denen der Torwart steht, hat es natürlich auch nichts zu tun.« Die Jungen nickten. »Also, Jungs, und wenn einer Hurensohn sagt?« Diesmal gab Ayala die Antwort gleich selbst, damit ihn keiner aus dem Konzept brachte. »Dann bezieht er sich nicht auf die Mutter, von wem auch immer, sondern auf den Sohn, kapiert?«, fragte er und blickte erneut Mariano Osorno an. »Die Mutter rührt keiner an, die

78

bleibt unangetastet. Wenn einer Hurensohn sagt, meint er damit nur, dass der andere ein Schwein ist, ein Arschloch, der letzte Dreck. Aber deswegen braucht sich niemand aufzuregen, denn die Mutter, von wem auch immer, ist damit nicht gemeint.« Und um die Sache endgültig abzuschließen, fügte er hinzu: »Das kapiert ihr doch, oder?« Zwei, drei Jungen gaben halblaut ein Ja von sich. Doch Ayala forderte eine entschiedenere Antwort: »Habt ihrs kapiert oder nicht?« Diesmal antworteten alle, einen wirklich überzeugten Eindruck machten sie jedoch immer noch nicht. »Verdammte Hurensöhne«, rutschte es Ayala heraus, zum Glück ganz leise. »Ich möchte jetzt ein Ja hören, als hättet ihr gerade ein Tor geschossen. Also, noch mal: Kapiert?«

»Jaaaaa«, riefen die Jungen endlich. Sie hatten genug und wollten nach Hause, und auf diese Weise bekamen sie, was sie wollten. Bis auf Rodrigo, Ayala sagte, er solle noch einen Moment dableiben, er wolle etwas mit ihm besprechen.

Ayala ließ sich auf der Bank nieder und forderte Rodrigo auf, sich neben ihn zu setzen. »Tolle Treter«, sagte er zu dem Jungen, der auf seine Fußballschuhe starrte. »Also, unter uns gesagt, der Typ ist ganz schön bescheuert, und sein Vater erst recht. Kein Mensch, der auch nur ein bisschen Grütze im Kopf hat, kommt auf die Idee, dass einer, der Hurensohn zu ihm sagt, damit meint, dass seine Mutter eine Hure ist. An der Mutter von wem auch immer vergreift man sich nicht, das wäre ja noch schöner! Aber was soll man machen, manche Leute sind eben ein bisschen empfindlich, die kapierens einfach nicht, die leben irgendwie in einer anderen Welt, verstehst du?« Rodrigo nickte, obwohl er in diesem Augenblick das Gefühl hatte, rein gar nichts zu verstehen. »Ich wollte dich jedenfalls um etwas bitten. Wenn du jetzt nach

Hause gehst, sag deinem Papa nicht, dass dich der Vater von Mariano bedroht hat, der ist einfach ein bisschen … durch den Wind, kapierst du? Ich kenne ihn nicht, ich glaube, die sind neu hier im Viertel, aber ich kenne deinen Vater, aus der Zeit, als wir zusammen Fußball gespielt haben. Und dein Vater ist ein Hitzkopf, bei so was rastet der aus, und am Ende sitzen wir alle in der Scheiße, wenn ich das so sagen darf. Klar?« Rodrigo sah ihn wortlos an, Ayalas Bitte brachte ihn in eine Zwickmühle. Denn nichts wollte er lieber, als so schnell wie möglich nach Hause zurückkehren und seinem Vater alles erzählen. Genau daran aber hinderte ihn Ayalas Bitte, der jetzt zu allem Überfluss hinzufügte: »Dein Vater rastet bei so was aus, und ich kriege am Ende einen Tritt in den Hintern. Aber keine Sorge, ich kümmere mich um die Sache, dich rührt keiner an, nur über meine Leiche – dich rührt keiner an, da kannst du so was von sicher sein. Nur deinen Vater, den lassen wir lieber aus der Sache raus, okay?« Und Rodrigo sagte Ja, was blieb ihm anderes übrig. Ayala tätschelte sein Knie. »Gut, gut, mein Junge, wir sehen uns dann am Donnerstag.«

Wie versprochen, erzählte Rodrigo beim Abendessen seinem Vater nichts von dem Vorfall. Dafür erzählte ein Freund von ihm es dessen Vater, und der sprach Rodrigos Vater am nächsten Tag darauf an, woraufhin sich Rodrigos Vater die Telefonnummer von Marianos Vater besorgte und diesen für den Donnerstag vor dem Training in die Vereinsbar bestellte. Dort ließen sich die beiden an einem Fenstertisch nieder. Rodrigo saß mit seinen Freunden und dem Vater des Jungen, der Rodrigos Vater informiert hatte und »für alle Fälle« mitgekommen war, an einem Tisch hinten an der Wand. Ayala wiederum saß an der Theke, wo er eine

Limonade bestellt hatte, obwohl ihm ein Bier tausendmal lieber gewesen wäre. Alle hatten sich vorgenommen, jeder auf seine Weise dazu beizutragen, dass die beiden Väter nicht handgreiflich wurden. Hin und wieder, wenn die Diskussion heftiger wurde, war zu hören, was die beiden sich zu sagen hatten. »Soll ich dich anzeigen, ja? Wegen Bedrohung Minderjähriger?«, ließ sich die Stimme von Rodrigos Vater vernehmen. Und kurz darauf: »Ist dir klar, was du dir einhandelst, wenn du zu einem Elfjährigen sagst, du schlägst ihn tot?«

Die Erwiderung von Mariano Osornos Vater konnten nur die beiden hören, aber dann wiederholte er sie noch einmal lauter: »Das war aus dem Zusammenhang gerissen!«

»Was heißt hier, aus dem Zusammenhang gerissen?«, rief Rodrigos Vater. »Ich schlag dich tot heißt, ich schlag dich tot.«

»So hab ich das nicht gemeint, ich will bloß, dass er nie mehr schlecht über meine Frau redet«, versuchte Marianos Vater sich zu verteidigen.

»Meine Frau, meine Frau, Alter – hast du noch nie Hurensohn zu jemandem gesagt?«

»Nein.«

»Dein Pech, man merkt, dass du kein Fußballer bist.«

»Also, ich schlage jedenfalls niemanden, ich bin ein friedlicher Typ ...«

»Du schlägst niemanden, weil du sonst nämlich im Knast landest ...«

»Von wegen. Ich hab mich vielleicht ein bisschen ungeschickt ausgedrückt, ich wollte bloß klarstellen, dass weder ich noch meine Söhne es mögen, wenn jemand schlecht über ihre Mutter redet ...«

»Jetzt fängst du schon wieder an. Was heißt hier Mutter? So was sagt man eben auf dem Fußballplatz. Guckst du nie Spiele?«

»Doch, aber da sage ich zu niemandem ›du Hurensohn‹.«

»Also gut, mir reichts«, sagte Rodrigos Vater schließlich, »sag, was du willst, oder lass es bleiben, ich sag dir jetzt jedenfalls zwei Sachen: Erstens, wenn du meinen Sohn noch mal angreifst, zeig ich dich an, und zwar wegen Bedrohung Minderjähriger, und dann kannst du das mit dem Zusammenhang gerne dem Richter darlegen. Und zweitens, versuch, deinem Sohn zu erklären, was Hurensohn bedeutet, mein Sohn wird es nie mehr zu ihm sagen, darum kümmere ich mich, aber dein Sohn wird es noch oft im Leben zu hören bekommen, und wenn er es dann immer noch nicht kapiert hat, wird er sich völlig umsonst aufregen.« Damit hatte sich für Rodrigos Vater die Sache offenbar erledigt, er stand auf, legte ein paar Geldscheine für den Kaffee auf den Tisch, sah zu seinem Sohn hinüber, zwinkerte ihm zu und ging. Kurz darauf folgte ihm der Vater, der zur Unterstützung gekommen war, und wenig später der Vater Mariano Osornos in seinem zerknitterten Anzug und mit hängendem Kopf. Da erhob sich Ayala von dem Barhocker und rief in Richtung des Tisches hinten an der Wand: »Auf gehts, Jungs, jetzt wird trainiert, die ersten zehn Minuten sind schon futsch.« Und die Jungs machten sich auf zum Fußballplatz, um endlich mit dem Spielen anzufangen.

Die Partie am Sonntag war nicht schlecht, zwar ein bisschen langweilig, und es gab kaum Tore, aber die U12 des Club Moreno gewann und rettete sich damit endgültig vor dem Abstieg. Anschließend hielt Ayala eine kleine Ansprache: »Wenn wir immer so spielen, kann uns keiner aufhalten, da können wir es bis nach ganz oben schaffen.« Das stimmte nicht, sie hatten Glück gehabt, sie hatten nicht gut gespielt, sondern die gegnerische Mannschaft war mit lauter Ersatzspielern angetreten, weil sie ihre besten Leute für eine Partie in der Kreisliga schonen wollte. Aber manchmal kann es nicht schaden, sich ein bisschen was vorzumachen. Die Jungen steckten die Fußballschuhe in ihre Sportbeutel, tauschten wie von Ayala verlangt die verschwitzten Shirts gegen trockene, um sich nicht zu erkälten, und machten sich, jeder für sich, auf den Heimweg.

Als Rodrigo auf seinem Fahrrad um die Ecke bog, erwartete ihn allerdings eine Überraschung in Gestalt einer Frau, die ihm in den Weg trat und sagte: »Du bist Rodrigo, oder?« Rodrigo kam ins Schwanken, schaffte es zuletzt aber, sich mit dem einen Fuß auf dem Boden abzustützen. »Ich bin die Mutter von Mariano Osorno. Du weißt, wer Mariano ist, oder?«

»Ja«, sagte Rodrigo, der erst jetzt Gelegenheit fand, sie genauer anzusehen. Sie war blond, hatte langes gewelltes Haar, das ihr bis über die Schultern fiel, war übertrieben stark geschminkt und trug Schuhe mit extrem hohen Absätzen, dazu äußerst knappe Hotpants, deren Bundknopf offen stand. Außerdem war der Reißverschluss ein Stück hinuntergezogen, sodass der Bauchnabel zu sehen war. Dazu trug sie ein eng anliegendes weißes Tanktop, dessen Ausschnitt die riesigen Brüste – hart wie prall aufgepumpte Fußbälle – kaum bändigen konnte. Unter dem billigen Baumwollstoff zeichneten sich die Warzen ab, die unmittelbar auf Rodrigos Augen gerichtet schienen. »Ich bin eine Mutter, weißt du? Eine ganz normale Mutter.« Rodrigo nickte mechanisch, obwohl seine Mutter Mariano Osornos Mutter kein bisschen ähnlich sah. Ein Schauer lief ihm über den Rücken und zwischen den Beinen spürte er ein Kribbeln, so wie wenn sich manchmal morgens sein Pimmel aufstellte. Marianos Mutter bückte sich, um ihren Rucksack vom Boden aufzuheben. Dabei streiften ihre Brüste Rodrigos Arm. »Eine ganz normale Mutter«, sagte sie noch einmal, bevor sie sich den Rucksack aufsetzte und anschließend ungeniert den BH zurechtrückte. »Ich wollte, dass du das weißt.« Rodrigo zog das Trikothemd nach unten, um sein steifes Glied zu verdecken. »Komm doch mal vorbei, auf einen Kakao und Kekse, Mariano würde sich sehr freuen«, sagte die Frau noch und ging dann endlich. Rodrigo wollte wieder aufs Fahrrad steigen, aber nach zwei so schmerzhaften wie vergeblichen Versuchen ließ er es lieber sein und schob nach Hause.

Blaue Augen
hinter der Gardine

Als Javier beschloss, seine Hochzeit fast acht Monate vorzuziehen, hätte niemand gedacht, dass die Witwe Santillán etwas damit zu tun haben könnte. Martita fühlte sich geschmeichelt, auch wenn sie dadurch bezüglich Kleid, Kopfschmuck und Festvorbereitung unter Zeitdruck geriet. Javiers Mutter dagegen, die sich gerade erst an den traurigen Gedanken gewöhnte, dass ihr einziger Sohn künftig nicht mehr bei ihr leben würde, empfand seinen Entschluss als Beleidigung und sprach erst am Hochzeitstag wieder mit ihm. Mehr als ein Nachbar aus dem Viertel versicherte, der eigentliche Grund für die plötzliche Eile werde spätestens in neun Monaten unverkennbar sein. Doch was auch immer die Leute vermuteten, sie lagen falsch. Javier wollte so schnell wie möglich umziehen, weil er die Witwe nicht mehr sehen wollte. Dafür brauchte er einen guten Vorwand, und was hätte sich da besser geeignet als eine Hochzeit?

Die Witwe Santillán wohnte seit jeher schräg gegenüber dem Haus, in dem Javier zur Welt gekommen war, gleich neben der Reinigung. Zur Straße hin wies ihr Haus zwei Fenster und eine massive Eingangstür auf, deren Bronzebeschläge einst hell geglänzt hatten. Das Rollo des Schlafzimmerfensters war stets heruntergelassen. Vor dem

Wohnzimmerfenster hing nur eine dünne Gardine, hinter der die Witwe Nachmittag für Nachmittag saß und das Quartierleben beobachtete. Wenn sie gut drauf war, befestigte sie die Gardine seitlich mithilfe einer dicken goldfarbenen Kordel samt Quaste und blickte so bloß durch die Glasscheibe von der Außenwelt getrennt auf die Straße. Zu anderen Zeiten dagegen war ihre Anwesenheit hinter der Gardine nur zu erahnen. So oder so saß sie immerzu dort und stickte oder häkelte. Angeblich war in ihrem Haus noch der letzte Winkel mit Deckchen verziert. Nur einmal in der Woche, donnerstags, verließ sie das Haus in aller Frühe, um auf dem Markt einzukaufen. Den Bürgersteig vor ihrem Haus fegte sie schon seit Jahren nicht mehr – seit dem Tag, an dem man sie dort zu Boden gestoßen und ihr eine Goldkette geraubt hatte. Alle im Viertel kannten sie, aber keiner mochte sie. Sie lebte allein, war verwitwet und kinderlos und bekam nicht einmal zu den Feiertagen Besuch. Mit Javiers Mutter hatte sie sich bereits vor über zehn Jahren zerstritten, seitdem grüßten die beiden einander nicht mehr. Die übrigen Nachbarn waren nicht so weit gegangen, hatten aber alle schon irgendwann einmal eine Auseinandersetzung mit ihr gehabt. Der eigentliche Grund für die Unbeliebtheit der Witwe aber war, auch wenn niemand es offen aussprach, dass sie vor dem Tod ihres Mannes einen Liebhaber gehabt hatte. Nicht irgendeinen, sondern den Besitzer der Eisenwarenhandlung, der zugleich der Vorsitzende des Nachbarschaftsvereins war. Der Mann war ebenfalls verheiratet, hatte aber Kinder und zog um, kurz nachdem die Sache aufflog – seine Frau war durchgedreht und hatte sämtliche Schubladen voller Nägel, Schrauben, Muttern und sonstigem Kleinkram vor dem Geschäft ausgekippt. Die Leute waren der Meinung, dass eigentlich die Santilláns damals hätten fortziehen sollen. Manche behaupten, der Mann habe nicht gewollt, andere, sie sei dagegen gewesen. Genaueres wusste niemand. Obwohl seit der Sache mit dem Eisenwarenhändler kein weiterer Seitensprung der Witwe bekannt geworden war, wurde sie von allen geschnitten.

Dass die Witwe Santillán früher eine schöne Frau gewesen war, sah man immer noch, allerdings sorgten ihre abweisende Miene und die tiefen Falten im Gesicht dafür, dass ihre blauen Augen nicht mehr reizvoll, sondern unheimlich wirkten. Man hatte das Gefühl, durch sie in einen Abgrund zu blicken. Als wären sie imstande, neugierige Betrachter für immer in sich aufzusaugen. So kam es jedenfalls Javier vor, wenn er sie ansah. Das war nicht immer so gewesen, ja, vor dem Unfall hatte er sie, soweit er sich erinnern konnte, nie weiter beachtet. Und danach bemühte er sich tunlichst, das zu unterlassen. Trotzdem waren ihre blauen Augen jederzeit dort hinter der Gardine und beobachteten ihn, folgten ihm, überwachten ihn, sobald er das mütterliche Haus verließ oder betrat. Und sosehr er sich auch wehrte, er fühlte sich magnetisch von ihnen angezogen.

Der Unfall hatte sich im Februar 73 ereignet. Javier war gerade dreiundzwanzig geworden, und die Witwe stand kurz vor ihrem Achtzigsten. Martita drängte schon seit Längerem zur Heirat, und Javier hatte sich schließlich darauf eingelassen, ihren Wunsch Mitte des nächsten Jahres zu erfüllen. Andernfalls hätte es ernsthaft Streit gegeben, und er liebte Martita ja. Er arbeitete damals bei einer Druckerei und war vor Kurzem zum Geschäftsführer befördert worden, verdiente besser und verfügte außerdem über einen weißen Lieferwagen. Er hatte sich nicht getraut, zu sagen, dass er keinen Führerschein besaß, um die Beförderung nicht zu gefährden, die Prüfung konnte er ja nachholen. Auto fahren konnte er längst. Auf der Fahrer- wie auf der Beifahrertür des Wagens stand in grüner Schrift »Imprenta San Miguel« und darunter die Adresse und Telefonnummer der Firma.

Zufrieden saß Javier in dem Wagen, er war nicht mehr Auto gefahren, seit sie damals nach dem Tod seines Vaters den Fiat 1500 verkauft hatten. An diesem Tag hatte er nach dem Mittagessen noch ein Weilchen Zeit und wollte die Gelegenheit nutzen, um schnell zu Hause vorbeizuschauen. Er bedachte nicht, dass es der erste Dienstag im Monat war, der Tag, an dem seine Mutter immer auf den Friedhof ging. Er bog um die Ecke und beschleunigte, um so schnell wie möglich anzukommen. Trotzdem fuhr er aufmerksam. Plötzlich lief ein Junge hinter einem parkenden Lastwagen hervor auf die Straße, und Javier sah ihn erst, als er auf der Motorhaube lag. Er bremste, der Junge rutschte hinab und landete auf der Straße direkt neben dem Bordstein. Er rührte sich nicht. Javier stieg aus und ging zu ihm. Man brauchte kein Arzt zu sein, um zu merken, dass er tot war. Unter dem Genick des Jungen breitete sich ein Blutfleck aus. Javier wagte nicht, ihn anzurühren. Hilfesuchend sah er sich um. Aber bei zweiunddreißig Grad und zu dieser Uhrzeit waren alle zu Hause und hielten Siesta. Vielleicht hatte das Geräusch der sich unermüdlich drehenden Ventilatoren das Quietschen seiner Vollbremsung überdeckt. Oder der Lärm der Zikaden. Oder jener der eingeschalteten Fernsehapparate. Jedenfalls stand Javier eine Weile erschrocken und ratlos da, bis er, einem plötzlichen Antrieb folgend, den er selbst nicht begriff, in den Wagen stieg und davonfuhr. Erst als er am Fenster der

Witwe vorbeiraste, merkte er, dass sie hinter dem Vorhang stand und ihn mit ihren blauen Augen beobachtete.

Er kehrte zur Druckerei zurück und sagte zu niemandem ein Wort. Was absurd war, schließlich hatte die Witwe ihn gesehen. Nachdem er eine Lieferung zugestellt hatte, fuhr er nicht zurück, sondern parkte irgendwo, blieb den Rest des Nachmittags im Wagen sitzen und dachte nach. Ihm war klar, dass es ein unglücklicher Unfall gewesen war, und obwohl er keinen Führerschein besaß und das die Sache um einiges komplizierter machte, begriff er selbst nicht, warum er einfach so davongefahren war, ohne die Polizei zu benachrichtigen. Das war eigentlich nicht seine Art. Und doch war es genau so abgelaufen. Erst um fünf raffte er sich auf. Bevor er zur Polizei ging, wollte er aber noch zu Hause vorbeisehen. Seine Mutter wusste sicherlich längst Bescheid. Die Witwe Santillán hatte bestimmt Alarm geschlagen, woraufhin sich die Nachricht wie ein Lauffeuer in der ganzen Straße verbreitet hatte. Besser er stellte sich, seine Mutter würde ihm sonst nie verzeihen. Als er, diesmal zu Fuß, um die Ecke bog, befiel ihn die grauenvolle Vorstellung, der Leichnam könne immer noch auf der Straße liegen. Aber die Polizei hatte ihn bereits fortgeschafft, die Stelle mit einem Plastikband abgesperrt und auf der Straße mit Kreide angezeichnet, wo der Tote gelegen hatte. Von dem Blutfleck, der sich unter dem Genick des Jungen gebildet hatte, ging, dem Gefälle der Straße folgend, ein dünner roter Streifen aus – das Ganze sah aus wie ein Luftballon samt dazugehöriger Schnur. Javier betrat das Haus und ging in die Küche. Als er reinkam, drehte seine Mutter sich zu ihm um, sie war kreidebleich.

»Javier …«, sagte sie und trat auf ihn zu.

Er wollte sie bitten, ihn zu umarmen, traute sich aber nicht.

»Sie haben einen Jungen getötet, gerade mal sechs Jahre alt, fast vor unserer Haustür. Schrecklich! Zum Glück war der Kleine wenigstens nicht hier aus dem Viertel …«

Javier sah sie verwirrt an.

»Die Witwe hat die Polizei benachrichtigt. Es war ein Taxi, aus der Hauptstadt, es ist mit Wahnsinnstempo durch die Straße gerast, sie hat es gesehen, sie hat sich sogar das Ende der Autonummer merken können, irgendwas mit drei-dreiundzwanzig. Der Saukerl hat nicht mal angehalten, kannst du dir das vorstellen?«

Javier fand nie heraus, warum die Witwe so gehandelt hatte, und ebenso wenig begriff er, weshalb er selbst nie ein Wort verriet. In den ersten Nächten konnte er nicht schlafen. Der Witwe Santillán versuchte er auf jede erdenkliche Weise aus dem Weg zu gehen, obwohl ihm klar war, dass er genau das Gegenteil hätte tun müssen – zu ihr gehen und mit ihr sprechen. Er nahm sich vor, das so bald wie möglich nachzuholen. Als er sie eines Tages am Fenster stehen sah, hätte er fast die Straße überquert und wäre zu ihr gegangen. Sie sah ihn mit denselben blauen Augen an wie an dem Nachmittag, als der Unfall passiert war – zwei leuchtend blaue Punkte in einem alten Gesicht. Er trat vom Bürgersteig und machte einen Schritt auf ihr Haus zu, wandte sich dann aber wieder um, es ging nicht. Da hob sie kaum merklich die Hand zum Gruß. Er erwiderte den Gruß auf dieselbe Weise und ging weiter.

Sie grüßte ihn jeden Morgen, wenn er zur Arbeit ging, und abends, wenn er nach Hause kam. Früher war ihm nicht aufgefallen, dass sie bei seinem Aufbruch oder seiner

Rückkehr am Fenster stand. Vielleicht war sie das auch gar nicht, oder er hatte früher nicht darauf geachtet. Wenig später fing die Witwe an, jeden Morgen um die Uhrzeit, zu der Javier das Haus verließ, den Bürgersteig vor ihrem Haus zu fegen. Und bei seiner Rückkehr saß sie regelmäßig auf einer kleinen Weidenbank neben der Haustür an der frischen Luft. Niemals sagte sie ein Wort, sie sah ihn bloß an und hob die Hand zum Gruß. Er erwiderte den Gruß, versuchte aber, sie dabei nicht anzusehen. Ihr Gesichtsausdruck war nicht eindeutig, aber Javier wusste instinktiv, dass sie lächelte. Ein schlichtes, schüchternes, vielleicht liebevolles Lächeln. Das Problem war jedoch nicht ihr Lächeln, sondern ihre Augen, Javier konnte sie einfach nicht vergessen. Bis die Witwe eines Tages in der Druckerei erschien, in der Hand eine mit Kreuzstich bestickte Mappe. In goldenen Buchstaben stand darauf: »Was geschehen ist, ist geschehen.« Sie sah ihn aus ihren blauen Augen an, übergab ihm die Mappe und ging, ohne ein Wort zu sagen. Da bat Javier um Versetzung in die Firmenzentrale in der Hauptstadt. Und teilte Martita mit, dass er die Hochzeit vorziehen wolle. Er mietete eine Wohnung im Stadtteil Barracas, und keinen Monat später wohnten sie über fünfzig Kilometer von der Witwe Santillán entfernt.

Er sah sie kaum noch. Er besuchte seine Mutter stets zu einer anderen Uhrzeit und an unterschiedlichen Wochentagen, damit die Witwe sich nicht darauf einstellen konnte. Manchmal stand sie am Fenster, zu seiner Erleichterung aber nicht sehr oft. Allmählich fing er an, sie zu vergessen. Tagsüber, nicht so jedoch nachts. Regelmäßig träumte er von ihr, manchmal mehrere Nächte hintereinander, vor allem, wenn ihn etwas bedrückte. Dann sah er sie im Traum vor sich, wie sie früher gewesen war, jünger, als er sie noch gar nicht gekannt hatte. Und wachte erschrocken auf. Zu Martita sagte er bloß, er habe einen Albtraum gehabt, was ja auch stimmte. Zwei Mal versuchte Martita bei solchen Gelegenheiten, ihn zu überreden, zum Arzt zu gehen. Zum ersten Mal, als ihr einziges Kind Manuel geboren wurde und der Kleine wegen Javiers Albträumen nicht schlafen konnte. Das andere Mal mehrere Jahre später, als Manuel sechs wurde, so alt wie der Junge, den Javier vor dem Fenster der Witwe Santillán überfahren hatte. Da träumte Javier mehrfach, sie, die Witwe, komme zu seinem Sohn und umarme ihn. Doch sosehr Martita ihn bedrängte, Javier ließ sich auch jetzt nicht darauf ein, einen Spezialisten aufzusuchen. Niemand wusste besser als er selbst, warum er träumte, was er träumte.

Als Manuel zwölf wurde, quälten die Albträume Javier höchstens noch zwei oder drei Mal im Monat. Und wahrscheinlich wäre es mehr oder weniger so weitergegangen, ja, vielleicht hätte er eines Tages überhaupt nicht mehr von der Witwe geträumt, wäre jener Samstag bei seiner Mutter nicht gewesen. Als er vor dem Haus aus dem Auto stieg, blickte er wie üblich aus dem Augenwinkel zu ihrem Fenster hinüber, doch von der Witwe war nichts zu sehen. Sie gingen hinein, seine Mutter erwartete sie schon mit dem Essen. Als er sich gerade an die zweite Portion Ravioli machen wollte, war ganz in der Nähe eine Polizeisirene zu hören. Seine Mutter sagte sogleich zur Erklärung: »Die kommen wegen der Alten von gegenüber. Wegen der Witwe Santillán. Am Donnerstag war sie nicht auf dem Markt, und gestern Nachmittag wollten die von der Reinigung bei ihr etwas abgeben, aber es hat niemand aufgemacht. Da hat der Japaner heute die Polizei benachrichtigt. Er sagt, er will nicht warten, bis es im ganzen Viertel nach Verwesung riecht.«

Javier erhob sich mit einem Satz und ging hinaus. Manuel wollte mitgehen, aber Martita ließ ihn nicht. Kaum hatte Javier die Straße überquert, trat ein Polizist auf ihn zu und sagte, er solle bitte als Zeuge mit reinkommen. Da sie noch einen zweiten Zeugen brauchten, schnappten sie sich den erstbesten armen Teufel, der des Weges kam. Dann brachen sie die Tür auf. Die Bronzenägel sprangen mühelos aus dem verwitterten Holz. Die Witwe Santillán lag vor dem Fenster auf dem Boden. Beim Sturz hatte sie die goldene Kordel abgerissen, mit deren Hilfe sie manchmal die Gardine zur Seite gebunden hatte. Ihre blauen runden Augen, mit denen sie ihn so oft angesehen hatte, waren geöffnet. Zwei leuchtend blaue Punkte, umgeben von tiefen Falten. Ein Polizist bückte sich, um ihr die Lider zu schließen. Ohne zu überlegen, kam Javier ihm zuvor, legte die Hand auf das kalte Gesicht und strich einmal darüber, von oben nach unten. Er sah sie ein letztes Mal an, ihre blauen Augen waren hinter den toten Lidern verschwunden. Da fing er an zu weinen und spürte eine Erleichterung, die ihm unanständig erschien.

Morgen

Sie holt die Schachtel vom Dachboden. Macht sie nicht auf, wartet, bis die Kinder eingeschlafen sind. »Um diese Uhrzeit?«, fragt ihr Mann. Sie sagt nichts darauf. Sie trägt die Schachtel ins Wohnzimmer, stellt sie neben das Gartenfenster, dorthin, wo sie immer, jeden 8. Dezember, den Weihnachtsbaum aufbaut. Die Kinder wären ihr dabei keine große Hilfe, im Gegenteil, mit ihnen wäre alles nur komplizierter. Ihr Mann geht in die Küche, Wasser trinken, wie er sagt. Sie holt zuerst den Ständer aus der Schachtel, klappt die vier Beine aus und stellt das Ganze auf den Boden. Das Metall zerkratzt das Parkett. Dann widmet sie sich den in Zeitungspapier eingewickelten Zweigen. Sie packt sie aus. Morgen werden die Kinder sauer sein. Es macht ihnen nämlich Spaß, den Weihnachtsbaum aufzubauen, aber sie macht das lieber allein. Darum hat sie gewartet, bis sie eingeschlafen sind. Sie hat ihnen nicht gesagt, dass heute der Tag ist. Wenn sie aufwachen, wird der Baum bereits fertig sein.

Aus der Küche kommt das Geräusch von laufendem Wasser. Jetzt steckt sie die ersten Zweige in den Stamm, die unterste Reihe. Sie breitet sie auseinander. Versucht, sie gerade und gleichmäßig auszurichten. Ihr ist es lieber, die Kinder sind sauer und nicht sie selbst, damit kann sie besser umgehen. Sie bringt die zweite Reihe Zweige an. Breitet sie auseinander. Richtet sie aus.

»Brauchst du noch lange?«, fragt ihr Mann, bevor er ins Schlafzimmer hinaufgeht. Sie antwortet nicht. Sieht ihn nicht einmal an. Sie weiß, wenn ihr Mann fragt: »Brauchst du noch lange?«, dann ist er auf Sex aus. Sie nicht. Darum antwortet sie nicht, tut so, als hätte sie nichts gehört. Sie bringt die dritte Reihe Zweige an. Manchen fallen die Nadeln aus, dann landen grüne Plastikstückchen auf dem Holzboden. Nächstes Jahr wird sie einen neuen Baum kaufen müssen.

Ihr Mann fragt noch einmal: »Brauchst du noch lange?« Diesmal sieht sie ihn an, antwortet aber wieder nicht. Ja, nächstes Jahr. Nächstes Jahr wird sie einen neuen Baum kaufen. Dieses Jahr ist es schon zu spät, in den Geschäften sind zu viele Leute, die Weihnachtsdekoration kaufen wollen, und sie kauft nicht gern ein, wenn die Geschäfte so voll sind.

Ihr Mann geht die Treppe hinauf und verschwindet. Von oben hört man ein Türknallen. Wenn etwas nicht so läuft, wie ihr Mann möchte, knallt er die Tür zu. Sie arbeitet schweigend weiter. Setzt dem Baum die Spitze auf. Sie biegt sich nach rechts. Schon seit Jahren. Genaugenommen war das schon im ersten Jahr so, als sie den Baum gerade gekauft hatten. Nächstes Jahr kauft sie einen neuen. Dieses Jahr ist es zu spät. Zu viele Leute sind jetzt unterwegs. Ein Kind weint. Eines ihrer Kinder weint. Sie hält inne, vor dem noch ungeschmückten Baum. Sie möchte nicht, dass das Kind runterkommt und sie entdeckt. Oben hört sie die Schritte ihres Mannes. Und Stimmen. Das Kind beruhigt sich. Da setzt sie ihre Arbeit fort. Sie tritt ein Stück zurück, um den Baum in den Blick zu nehmen und zu überprüfen, ob alle Zweige an ihrem Platz sind. Gerade und gleichmäßig ausgerichtet.

Ihr Mann steigt ein Stück die Treppe hinunter, in Unterhosen. »Kommst du nicht rauf?«, sagt er. Er will Sex. Das sagt er nicht, aber sie weiß es.

»Später«, antwortet sie. Ihr Mann weiß, dass sie nicht raufkommen wird, auch er weiß Bescheid. Wenn seine Frau »später« sagt, heißt das, dass sie nicht raufkommen wird. Wütend dreht er sich um und geht wieder hinauf, sie hört die schweren Tritte seiner feuchten Fußsohlen auf den Stufen. Ihr ist es egal. Anders als erwartet, ist jedoch kein erneutes Türknallen zu vernehmen. Vielleicht nimmt er Rücksicht auf das Kind, damit es nicht wieder zu weinen anfängt. Oder damit das andere nicht auch noch aufwacht. Ihr ist es egal. Für sie ist bloß wichtig, dass sie lange genug braucht, um den Baum fertig aufzubauen – Hauptsache, das Schlafbedürfnis ihres Mannes setzt sich bis dahin gegen sein sexuelles Begehren durch.

Sie öffnet die Schachtel mit den bunten Kugeln, sie sind alle gleich groß. Sie zählt sie. Dann zählt sie die Zweige. Sie hat etwas weniger als halb so viele Kugeln wie Zweige. Sie hängt also nur an jeden zweiten Zweig eine Kugel. Am Ende der ersten Reihe stoßen zwei Kugeln aufeinander, das stört sie. Sie hängt eine Kugel wieder ab, aber jetzt stoßen zwei nackte Zweige aneinander. Sie dreht den Baum, damit sich der Fehler auf der Wandseite befindet und man ihn nicht sieht. Wenn sie mit dem Schmücken fertig ist, wird sie hinaufgehen, dann ja. Sie sucht in der Schachtel nach dem Stern, der ganz oben an die Spitze kommt. Sie steigt auf einen Hocker. Bringt den Stern an. Zusammen mit der Baumspitze biegt er sich nach rechts. Ein goldener Stern. Ein ehemals goldener Stern. Zwei seiner fünf Spitzen haben die Farbe verloren, darunter ist die abgewetzte Pappe zu sehen.

Nächstes Jahr wird sie einen anderen Baum kaufen. Und Weihnachtsschmuck. Und einen besseren Stern. Nächstes Jahr. Wenn nicht so viele Leute unterwegs sind. Morgen wird sie mit ihrem Mann schlafen. Vielleicht. Vorher wird sie einen Mittagsschlaf halten, dann ist sie am Abend nicht so müde und lustlos. Genau, morgen eine Siesta. Und sie wird einen Baum kaufen, nächstes Jahr. Wenn die Kinder aufwachen, werden sie sauer sein. Aber der Baum wird fertig sein, und der Ärger der Kinder wird mit der Zeit verfliegen.

Sie sucht nach der Lichterkette, wickelt sie spiralförmig um den Baum. Dann steckt sie den Stecker ein. Die bunten Lichter fangen an zu blinken. In der Schachtel ist jetzt bloß noch die Krippe. Eine Holzhütte. Die Jungfrau, der heilige Josef, ein Ochse und ein Esel. Und das Körbchen mit dem Jesuskind. Die Schwiegermutter sagt immer: Das Jesuskind legt man erst an Weihnachten rein. Um Mitternacht. Aber ihr ist das egal. Bei ihr zu Hause, früher, bei ihren Eltern, kam das Jesuskind immer schon in die Krippe, sobald der Baum aufgebaut war. Der Baum war kleiner und hatte keinen Stern an der Spitze.

Nächstes Jahr wird sie einen neuen Weihnachtsbaum kaufen.

Morgen wird sie Siesta halten.

Jetzt geht sie nicht hinauf.

Jetzt noch nicht.

Großvater Martín

Wie jeden Samstag holt er pünktlich um neun seinen Sohn ab. So haben er und Marina es bei der Trennung vereinbart. Kaum hat die Mutter die Tür aufgemacht, umschlingt der Junge seine Beine. Fast wortlos – bis auf einen kurzen Gruß – überreicht Marina ihm den Rucksack. Hernán sagt, sie soll ihm bitte auch noch eine Jacke mitgeben. »Ich glaube nicht, dass das nötig ist«, sagt sie, aber er besteht darauf. Dass er mit Nicolás aufs Land fahren wird, zum Haus von Großvater Martín, wo es immer ein paar Grad kälter ist, sagt er nicht. Wozu auch, sie würde bloß wieder mit ihren Ermahnungen anfangen – die Pferde könnten nach dem Jungen ausschlagen, der Teich ist gefährlich, er soll bloß nicht auf irgendwelche Bäume klettern. Wie zu der Zeit, als sie noch verheiratet waren. Hernán ist deswegen irgendwann nicht mehr dorthin gefahren. Jetzt, wo es zu spät ist, tut ihm das leid. Vor drei Monaten ist Großvater Martín gestorben, die Sache lässt sich nicht wiedergutmachen.

Die Sonne scheint, und es sind kaum Autos unterwegs. Hernán macht eine von Nicolás' Lieblings-CDs an, aber noch bevor sie die Stadt hinter sich gelassen haben, ist sein Sohn eingeschlafen. Ihm soll es recht sein. Wenn es ruhig im Wagen ist, kann er ungestört über den Verkauf des Hauses nachdenken, mit dem seine Mutter ihn beauftragt hat.

Gerne macht er das nicht, er hat auch so schon mehr als genug zu tun, aber die Wahl fiel fast zwangsläufig auf ihn. Er war nicht nur der Lieblingsenkel seines Großvaters, er ist außerdem Architekt. Und wer wüsste besser, wie man ein Haus instand setzt, das man verkaufen möchte? In der Familie heißt es, Hernán sei wegen Großvater Martín Architekt geworden. Während seine Geschwister und Cousins und Cousinen ritten oder im Teich badeten, half Hernán dem Großvater, das Haus in Schuss zu halten. Großvater Martín war Bauunternehmer, und obwohl er nicht Architektur studiert hatte, wusste er über alles Bescheid, was mit dem Häuserbauen zu tun hat. Darüber hinaus erledigte er vieles, was dazugehörte, eigenhändig: Wände hochziehen, Zimmer streichen, Dächer flicken. Weil er den Großvater so gemocht hatte, würde Hernán das Haus am liebsten behalten, aber seit der Scheidung befinden sich seine Finanzen in einem katastrophalen Zustand.

Er passiert das Gatter und sagt sich erleichtert, dass seine Mutter wenigstens die Tiere abgestoßen hat. Von der Renovierung abgesehen, muss er noch eine Immobilienfirma finden, einen Verkaufspreis festlegen und eine gründliche Säuberungsaktion in Auftrag geben. Was aber zuallererst gemacht werden muss, ist klar: die Trennwand im Wohnzimmer muss weg, sie erfüllt keinerlei architektonischen Zweck, teilt einfach nur den Raum und steht im Weg. Errichtet wurde sie, um einen Schmerz zu verdecken, womöglich aber auch, um ihn für immer wachzuhalten. Denn mitten an der Wand, gegenüber dem Lieblingssessel von Großvater Martín, hängt ein Porträt von Hernáns Großmutter Carmiña Núñez. Hernán hatte sie allerdings kaum gekannt. Dafür sah er seinen Großvater oft in der Abenddämmerung mit einem Glas Whisky in der Hand in dem Sessel sitzen, den Blick auf das Bild gerichtet. Eine schöne Frau mit dunklem Teint in einem weißen Spitzenkleid, das sie vielleicht bei der Hochzeit getragen hatte. Auch Jahre später schien der Großvater sich immer noch voller Liebe an die Erinnerung an seine verstorbene Frau zu klammern. Glaubte Hernán wenigstens, bis er das eines Tages zu seiner Mutter sagte. Die verzog bloß das Gesicht: »Über diese Frau spreche ich nicht.« Erst da wurde ihm bewusst, dass in der Familie so gut wie nie die Rede von ihr war. Und wenn jemand doch einmal einen Zwist andeutete, sagte Großvater Martín bloß: »Alle reden, aber keiner weiß Bescheid.« Viele Jahre später erfuhr Hernán von einer Cousine, dass seine Großmutter nicht tot, sondern mit einem anderen Mann fortgegangen war. Das war aber auch alles, keiner wusste, ob sie irgendwo eine neue Familie gegründet hatte, ja nicht einmal, ob sie überhaupt noch lebte. Nur für seinen Großvater schien sie weiterhin zu existieren, in ihrem makellos weißen Spitzenkleid, das er so oft betrachtete, vor der Wand sitzend, die Hernán heute einreißen wird.

Kurz nach ihrer Ankunft läuft Nicolás bereits auf dem Grundstück herum, als lebte er seit jeher dort. »Hilfst du mir?«, sagt Hernán, als er mit dem Werkzeug an ihm vorbeigeht.

»Nein«, sagt der Junge und klettert in die Hängematte an dem großen Baum. Hernán lacht, er findet es gut, dass Nicolás tut, wozu er Lust hat. Er geht ins Haus, stellt das Werkzeug neben die Wand und hängt das Bild ab. Was er damit macht, wird er sich später überlegen. Er ergreift Hammer und Meißel und macht sich an die Arbeit. Dabei fragt er sich, ob Marina, obwohl sie es bestreitet, ihn womöglich auch wegen jemand anderem verlassen hat, so wie einst seine Großmutter den Großvater. Der Meißel dringt mühelos ein, die Wand ist innen hohl. Was ihn nicht wundert, schließlich brauchte sie gerade einmal ein Bild zu halten. Erneut setzt er den Meißel an, schlägt mit dem Hammer darauf, und die Ziegel fallen wie von selbst auseinander. Noch ein Schlag, und noch einer. Bis der Meißel sich irgendwann verhakt und festsetzt. Hernán zieht daran, und als er ihn freibekommt, entdeckt er ein verdrecktes Stück alte weiße Spitze. Ihm wird schwindlig, als läge auf einmal nicht nur Staub in der Luft. Mühsam atmet er ein und aus. Hält einen Augenblick inne, worauf er wartet, weiß er selbst nicht. Er starrt weiterhin die aufgebrochene Wand vor ihm an. Und dann geht er, als hätte er auf einmal begriffen, mit bloßen Fäusten auf das bröckelnde Mauerwerk los, schiebt die Stücke zur Seite, bis schließlich das Kleid seiner Großmutter zum Vorschein kommt, samt ihren Knochen, die immer noch von dem Stoff zusammengehalten werden. Ihm wird schwarz vor Augen. Auf der Suche nach Licht tritt er ans Fenster.

Nicolás ist gerade aus der Hängematte gesprungen und läuft auf das Haus zu.

Die köstliche Luft
von Buenos Aires

Sie hätte nicht anzurufen brauchen. Sie hätte sich einfach weiter ihrer täglichen Routine widmen können, Arbeit, Haushalt, Bürokratie. Seit über einer Woche lag der einzige Anzug, der ihrem Mann nach seiner Abmagerungskur noch passte, in der Reinigung zur Abholung bereit. Sie hatte ihn zu der Kur gedrängt. Und er hatte sich zusammengerissen, vor allem um ihr eine Freude zu machen, und tatsächlich zehn Kilo abgenommen, was sein Aussehen zwar bloß unmerklich verbessert, dafür aber bis auf den Hochzeitsanzug seine gesamten Anzüge unbrauchbar gemacht hatte. Es war Mitte November, bei ihren nicht gerade lernbegeisterten Kindern entschied sich also in diesen Tagen, in welchen Fächern sie nach den Ferien zur Nachprüfung würden antreten müssen, was sich wiederum unmittelbar auf die geplante Familienreise nach Brasilien auswirkte. Sie selbst hatte schon seit Langem genug von Strandurlaub, aber was hätte sie mit Jorge und den Kindern sonst unternehmen können? Im Verlag stand außer der üblichen Arbeit der Besuch von Benito Landó ins Haus. Landó war ein spanischer Schriftsteller, den sie, nicht nur aus literarischen Gründen, nicht besonders mochte. Umso mehr hielten ihre Chefs von ihm, ja, er war ihr absoluter Liebling. Sechzig Prozent des jährlichen Verlagsumsatzes waren den Einnahmen aus dem Verkauf seiner historischen Romane geschuldet, die stets auch amouröse Verwicklungen und das eine oder andere kriminalistische Element enthielten, gerade so viel, dass seine Teilnahme an den wichtigsten europäischen Krimifestivals gesichert war.

Einen besonderen Grund gab es also nicht. Trotzdem kam sie just an diesem Tag auf die Idee, Vanina anzurufen. Genau genommen, kurz nachdem sie die Kinder vor der Schule abgesetzt hatte, um anschließend, bevor sie in den Verlag ging, in der immer gleichen Bar noch einen Kaffee zu trinken und Zeitung zu lesen. Sie rief sie an, wie man es unter alten Freundinnen, die sich seit Längerem nicht gesehen haben, eben so macht – ohne besonderen Anlass, um sich zu erkundigen, wie es geht, also vor allem, um den Kontakt aufrechtzuerhalten. Heute danach befragt, warum sie sich ausgerechnet an diesem Tag an Vanina Sarásuri erinnert hatte, wüsste sie keine Antwort. Vanina veröffentlichte ihre Bücher nicht in dem Verlag, in dem sie arbeitete, daran konnte es also nicht gelegen haben. Sie hatte sich gefragt: »Wie lange habe ich schon nicht mehr mit Vanina gesprochen? Seit einem Monat? Seit zwei?« Den letzten Schluck Kaffee noch im Mund, hatte sie begonnen, nachzurechnen. Zum letzten Mal waren sie sich vor fast fünf Monaten auf dem Festival de la Palabra in Bogotá begegnet. Sie hatte nicht gewusst, dass ihre Freundin auch eingeladen war. Aber sie hätte es ahnen können. Obwohl Vaninas Leserschaft eher klein war und die Kritik sie bislang bloß als Randfigur ihrer Generation wahrgenommen hatte, war sie in diesem Jahr die meistgefragte Autorin, ja, geradezu ein Star, weil Cándido Garibaldi, der ewige mexikanische Nobelpreiskandidat, öffentlich verkündet hatte, sie sei die derzeit beste Schriftstellerin der spanischsprachigen Welt. Sie selbst war nach Kolumbien gefahren, weil dort ein vor Kurzem in ihrem Verlag erschienener Lyrikband vorgestellt wurde, der bislang noch nirgendwo besprochen worden war. Ihre Chefs hofften, ihre Teilnahme an dem gerade ziemlich angesagten Festival in Bogotá werde dem Titel in literarischen Kreisen wenigstens so viel Aufmerksamkeit verschaffen, dass die Druckkosten wieder eingespielt wurden. Vanina traf sie gleich am ersten Abend bei einem Essen zu Ehren der teilnehmenden Schriftsteller. Allerdings hatte man Vanina, anders als ihr, einen Platz an einem Tisch für die Schwergewichte des literarischen Betriebs zugewiesen. »Bei den richtig hohen Tieren, Gott, wie langweilig«, hatte Vanina verkündet, als sie, samt Stuhl, Teller und Besteck, unaufgefordert an ihren Tisch weitab vom Zentrum des Geschehens umgezogen war. Nach dem Essen hatten sie bis spät in die Nacht im Hof von Vaninas Hotel gesessen und sich unterhalten und Wein getrunken, bis sie ihre Freundin schließlich aufs Zimmer begleitet und zu Bett gebracht hatte – wenn Vanina zu viel trank, kam sie am Ende nicht mehr allein zurecht. Sie hatte ihr die Schuhe ausgezogen, sie zugedeckt, ihr Haar auf dem Kissen zurechtgelegt und war in ihr eigenes Hotel gegangen.

Das war nun fünf Monate her. Als sie jetzt jedoch ihre Nummer wählte und lächelnd darauf wartete, dass Vanina sich wie immer mit den Worten »Na, wie gehts?« melden würde, tat sich nichts. Eine Nachricht hinterließ sie nicht. Bestimmt würde Vanina zurückrufen, sobald sie den Hinweis auf ihrem Handydisplay entdeckte. Sie zahlte und ging in den Verlag. Dort erledigte sie alle möglichen liegen gebliebenen Aufträge, beantwortete alte E-Mails, korrigierte den Finanzplan eines Projekts und schloss die Vorbereitung der Marketing-Aktion für einen Reportagenband ab, den sie selbst stinklangweilig fand. Sie stand unter Zeitdruck, denn nach dem Mittagessen musste sie Landó im Hotel abholen und pünktlich bei einem Fernsehsender abliefern. Um kurz vor zwölf versuchte sie es noch einmal bei Vanina. Als sich die Mailbox meldete, hinterließ sie eine Nachricht: »Hallo, meine Liebe, lang nichts gehört. Ruf doch mal an.« Anschließend fragte sie sich, warum ihr eigentlich so viel daran lag, dass Vanina sich zurückmeldete, etwas Dringendes zu besprechen gab es nicht, ja, vor einigen Stunden hatte sie selbst seit langer Zeit zum ersten Mal wieder an Vanina gedacht. Umso klarer schien jetzt, dass es ihr gar nicht so sehr darum ging, mit ihr zu sprechen – das eigentliche Problem war, dass keine Antwort kam. Um eins versuchte sie es erneut. Diesmal hinterließ sie keine Nachricht, sondern schickte gleich nach dem Anruf eine SMS. Vielleicht gehörte Vanina ja zu den Leuten, die nie ihre Mailbox abhören.

Landó erwartete sie in der Vorhalle des Hotels. Gereizt beklagte er sich, man habe ihm nicht geschickt, »worum ich ausdrücklich gebeten hatte«. Davon hatte man ihr jedoch nichts gesagt. Sie nahm an, dass es entweder um Kokain oder um Frauen ging, Landós zwei große Schwächen. Für alle Fälle schickte sie ihrem Chef eine Nachricht: »Landó beklagt sich, weil seine Bitte nicht erfüllt worden ist.« Bei dieser Gelegenheit sah sie nach, ob eine Antwort von Vanina eingegangen war, aber Fehlanzeige. Sie kamen rechtzeitig für Landós Make-up bei dem Fernsehsender an. Im Studio hatte sie keinen Empfang und das Interview dauerte länger als vorgesehen, doch Landó mit dem Journalisten allein zu lassen, wagte sie nicht. Als sie den Sender wieder verließen, sah sie erneut nach, ob Nachrichten eingegangen waren. Bloß eine ihres Chefs: »Sag Landó, dass ich das Gewünschte mitbringe, wenn ich ihn heute Abend zum Essen abhole.« Es ging also um Kokain, sagte sie sich, denn dass ihr Chef in Begleitung von Frauen für seinen Starautor aus dem Wagen stieg, war schwer vorstellbar. Und erst recht nicht, dass sie anschließend alle zusammen essen gingen.

Landó hatte einen randvollen Terminkalender, nach dem Auftritt im Fernsehen erwarteten ihn ein Telefoninterview mit einem Radiosender und noch zwei Interviews in der Cafeteria einer Buchhandlung. Er beklagte sich jedoch nicht, im Gegenteil. »Deswegen bin ich schließlich hier, ich will ja selbst, dass meine Bücher verkauft werden.« Das Interview mit dem Radiosender erledigten sie im Taxi, über ihr Handy. Gleich anschließend überprüfte sie einmal mehr die eingegangenen Nachrichten. Wieder nichts. Hatte sie Vanina aus Versehen gekränkt? Aber bei welcher Gelegenheit? Landó ließ das Seitenfenster herunter und gefiel sich darin, »die köstliche Luft von Buenos Aires« einzuatmen. Sie lächelte bemüht über seine pathetische Bemerkung. Zum Glück war der Typ nicht allzu gesprächig, wenigstens nicht ihr gegenüber. Vielleicht hatte sich herumgesprochen, dass Vanina ein Verhältnis mit dem verheirateten Chef eines anderen Verlags hatte, und sie gab ihr die Schuld daran, dass die Sache bekannt geworden war. Andererseits, wäre die Sache tatsächlich bekannt geworden, hätte sie das mitbekommen, die Literatenkreise, in denen sie sich bewegte, waren klein und überaus erpicht auf Geschichten von verbotenen Liebschaften.

Bei der Ankunft in der Buchhandlung trat Landó vor ihr durch die Tür, kerzengerade aufgerichtet und neugierig

Ausschau haltend, ob man ihn erkannte. Zum Glück hatten die Leute von der Buchhandlung seine Werke unübersehbar platziert und ein riesiges Poster von ihm danebengehängt. Und so kamen auch gleich mehrere Frauen auf ihn zu und baten um ein Autogramm. Die Journalisten warteten bereits an der Theke im Hintergrund. Sie wusste aus Erfahrung, dass ihr Handy an dieser Stelle keinen guten Empfang haben würde. Weshalb sie Landó nur bis zu den Journalisten begleitete und sich dann mit den Worten entschuldigte: »So, ich gehe, dann können Sie sich in Ruhe unterhalten.«

Immer noch keine Nachricht – dass Vanina einen ganzen Tag lang keine Antwort schickte, war ungewöhnlich. Obwohl sie nicht besonders häufig kommunizierten, war es doch normalerweise so, dass sie einander sofort antworteten. »Sie muss irgendwo im Ausland sein«, sagte sie sich, wie eine plötzliche Eingebung, »bei einer Buchvorstellung, klar, nachdem Garibaldi sie dermaßen in den Himmel gehoben hat …« Sie rief eine Kollegin aus Vaninas Verlag an. Wie sie das Gespräch auf das gewünschte Thema bringen sollte, wusste sie selbst nicht, aber als die Kollegin abnahm, legte sie einfach los, fragte, ob sie dieses Jahr an der Buchmesse in Santiago de Chile teilnehmen würden, ob sie dort einen eigenen Stand hätten, wer alles mitkomme und dass es doch vielleicht keine schlechte Idee wäre, sich im selben Hotel einzuquartieren. »Vanina stellt bestimmt ihren Roman vor, oder? Sie ist sicher schon wie verrückt dabei, das Buch zu präsentieren, nehme ich an …«, fügte sie hinzu.

»Nein, dieses Jahr will sie gar nicht mehr auf Reisen gehen, sie sagt, die nächsten Monate bleibt sie auf jeden Fall in Buenos Aires.«

»Ach so, ich hab gedacht, sie ist irgendwo unterwegs …«

»Nein, dabei gäbe es jede Menge Einladungen. Aber sie soll die Ruhe nur genießen, durch Garibaldis Unterstützung verkauft ihr Buch sich jetzt sowieso von selbst.«

»Kann ich mir vorstellen.«

»Wir sehen uns in Santiago.«

»Ja«, sagte sie, obwohl sie gar nicht wusste, ob ihr Verlag in diesem Jahr teilnehmen würde.

Vanina war also doch nicht im Ausland, im Gegenteil, sie ließ es sich gut gehen und kostete den Erfolg ihres Buchs aus. Kaum hatte dieser Garibaldi dafür gesorgt, dass ihre Brust vor Stolz gewaltig angeschwollen war, antwortete Madame nicht mehr – aber warum, verdammt?, fragte sie sich. Da trat der Journalist, der das nächste Interview führen sollte, auf sie zu und küsste sie zur Begrüßung auf die Wange. »Ist er schon frei?«

»Wer?«

»Landó«, sagte der Journalist lächelnd. »Um die Zeit des Jahres sind wir alle ganz schön ausgebrannt, stimmts?«

»Ach so, ja, ja, ich glaube, er ist noch bei dem anderen Interview, ich bring dich hin.« Als sie bei der Theke ankamen, war der erste Journalist schon verschwunden. Dafür ließ Landó sich jetzt Arm in Arm mit zwei Frauen fotografieren, die ihn offensichtlich glühend verehrten. Vanina verachtete Landó, sie hielt den Erfolg seiner Bücher für völlig unverdient, was sie ihr auch vor Garibaldis öffentlichem Statement schon mehrmals gesagt hatte. »Ich verkaufe kein einziges Buch, aber sieh dir diesen Idioten an.« Vielleicht nahm Vanina es ihr übel, dass sie Landó überallhin begleitete, aber das war nun mal ein Teil ihrer Arbeit. Sie rief noch einmal an, ließ es läuten, bis die Mailbox ansprang, hinterließ aber keine Nachricht. Und wenn es genau andersrum war, wenn Vanina trotz ihrer Verachtung für Landó wollte, dass sie sie ihm vorstellte, weil er so gute Kontakte in Europa hatte? Am nächsten Tag gab es ein Mittagessen mit einer kleinen Gruppe von Schriftstellern, die fast alle in ihrem Verlag veröffentlichten. Vielleicht hatte Vanina davon gehört und war beleidigt, weil man sie nicht eingeladen hatte. Als sie es gerade erneut bei Vanina versuchen wollte, ging ein Anruf eines ihrer Kinder ein. Sie klickte ihn weg, wählte die Nummer ihrer Freundin und wartete, bis die Mailbox ansprang: »Hallo Vani, wie gehts? Morgen gibts bei uns im Verlag ein Essen mit Landó, ich weiß, du hältst nicht allzu viel von ihm, aber vielleicht fändest du es ja lustig, ihn mal kennenzulernen. Möchtest du? Ich fände es super, wenn du kommst. Ruf mich an. Ciao.« Ein bisschen lang, die Nachricht, sagte sie sich, aber Hauptsache, sie sorgte wenigstens in diesem Punkt für Klarheit.

Nach dem letzten Interview brachte sie Landó ins Hotel zurück und fuhr nach Hause. Auf dem Rückweg vergaß sie einmal mehr, den Anzug aus der Reinigung zu holen. Die Kinder saßen vor dem Fernseher. Lautaro hatte zu guter Letzt doch alle Fächer bestanden, Gastón dagegen würde gleich fünf Nachprüfungen absolvieren müssen. »Ah, prima«, sagte sie geistesabwesend völlig unironisch. Gastón sah sie erstaunt an.

»Fünf, Mama, das ist eine Riesenmenge, und zwei davon im Februar«, sagte er.

»Zwei im Februar«, wiederholte Lautaro wütend, und da erst reagierte sie und fing an zu schreien: »Was heißt hier fünf, und was heißt zwei im Februar?«

»Hab ich doch gerade gesagt«, erwiderte Gastón.

»Jetzt können wir unsere Ferienreise vergessen, kapierst

du, Mama?«, sagte Lautaro und fing an, mit seinem Bruder zu streiten. Sie konnte das Gezeter nicht ertragen, ging hinauf in ihr Zimmer und knallte die Tür hinter sich zu. Erneut sah sie nach, ob Nachrichten eingegangen waren, wieder nichts. Sie schickte noch eine Nachricht: »Entschuldige, dass ich so hartnäckig bin, meine Liebe, aber ich muss die Liste für das Essen morgen bestätigen, bist du also dabei?« Anschließend zwang sie sich, das Telefon auszuschalten. Sie duschte und ging nach unten, um das Abendessen vorzubereiten. Die Stimmung bei Tisch war angespannt. Ihr Mann meinte besänftigend: »Wir können ja auch im März ein paar Tage verreisen, wenn Gastón alle Prüfungen geschafft hat.«

»Und warum soll ich bis März warten, obwohl ich alles bestanden habe?«, beschwerte sich Lautaro.

»Sei nicht so arschig«, sagte Gastón.

»Selber Arsch, nur wegen dir können wir nicht wegfahren.«

»Schluss jetzt, bitte«, sagte Jorge.

»Was meinst du?«, fragte er sie.

»Wozu?«

»Zu den Ferien.«

»Ach so, mach, wie du meinst, mir ist alles recht«, sagte sie. Lautaro und Gastón warfen sich erstaunte Blicke zu und vergaßen darüber fast ihren Streit. Jorge sah sie erwartungsvoll an. »Ich geh jetzt ins Bett, ich habe Kopfschmerzen«, sagte sie zur Entschuldigung und ging nach oben. Dort schaltete sie das Telefon an – wieder nichts. Sie nahm eine Schlaftablette und legte sich hin.

Am nächsten Tag holte sie Landó im Hotel ab, um ihn zum Verlag zu bringen. Er war bester Laune. Offensichtlich hatte er eine gute Nacht verbracht. Sie überlegte, ob sie Vanina noch einmal anrufen sollte. Schließlich schickte sie ihr eine E-Mail, vielleicht ging ihr Telefon ja nicht, oder sie hatte eine neue Nummer. Sie schrieb mehr oder weniger genau das, was sie ihr am Tag davor auf die Mailbox gesprochen hatte. Am Ende lud sie sie nochmals zu dem Essen mit Landó ein. Als sie im Verlag waren, beauftragte sie ihre Assistentin, bei allen nachzuhaken, die eingeladen worden waren, auch bei Vanina. Sie wartete so lange wie möglich. Dann rief sie erneut die Assistentin an und fragte, ob alle Einladungen bestätigt worden waren. Die Assistentin hatte noch nicht alle erreicht.

»Und die, die du erreicht hast?«

»Die kommen alle, bis auf Ricardo Anua und Vanina Sarásuri.«

»Ach so, Vanina kommt nicht.«

»Sie hat gesagt, dass sie die Einladung gestern erhalten hat. Aber sie hat schon etwas anderes vor.«

Sie hat die Einladung erhalten, sagte sie sich. Erhalten, aber nicht geantwortet. Sie rief erneut Vanina an. Ohne Ergebnis. Warum nur? Auf das Essen mit Landó und den übrigen Gästen hätte sie gerne verzichtet, aber dieser Verpflichtung konnte sie sich unmöglich entziehen. Als alle zusammen bei Tisch saßen, erwähnte jemand Vaninas Namen. Sie spitzte die Ohren. Angeblich hatte der Betreffende sie vor ein paar Tagen gesehen, und es schien ihr hervorragend zu gehen. Landó wiederum wusste offensichtlich nicht, von wem die Rede war, ebenso offensichtlich machte ihm das nicht das Geringste aus. Sie warf einen Blick auf ihr Handy. Vanina hätte antworten müssen, und sei es aus purer Höflichkeit. Schließlich hatte sie gleich mehrfach versucht, sie zu erreichen. Sie überlegte, ob sie ihr schreiben und ihr die

Meinung sagen sollte, nüchtern, korrekt, gelassen, aber doch so deutlich, dass kein Zweifel blieb, dass sie sich wie ein echtes Arschloch benahm. Sie verwarf die Idee. »Heute Abend ist sie bei einem Podiumsgespräch, mit Obligo und Marcus, im Museum für lateinamerikanische Kunst«, fügte der Mann, der von ihr erzählt hatte, hinzu. Zur selben Zeit hatte Landó sein Podiumsgespräch. Sie fragte ihren Chef, ob jemand anderes an ihrer Stelle Landó begleiten könne. Der sah sie erstaunt an – konnte es etwas Wichtigeres für sie geben als Landós Auftritt?

»Ist es was Ernstes?«, fragte er.

»Nein, so ernst ist es auch wieder nicht.«

»Dann vergiss es.«

Sie begleitete Landó also und tat, was in ihrer Macht stand, um dafür zu sorgen, dass die Veranstaltung pünktlich anfing, was in Buenos Aires jedoch ein Ding der Unmöglichkeit ist, eine halbstündige Verspätung gehört hier gewissermaßen zum guten Ton. Der Saal war bloß zur Hälfte gefüllt, was Landós Stimmung in den Keller sinken ließ, aber im Lauf der dreißig Minuten Wartezeit fand sich dann doch noch eine Menge Leute ein. Zuletzt mussten manche sogar stehen.

»Kommen Sie ruhig nach vorne«, sagte Landó, jetzt stolz und zufrieden, und forderte die Stehenden auf, in dem Gang, der zum Podium führte, auf dem Boden Platz zu nehmen. Eine Viertelstunde vor Vorstellungsende sagte sie zu ihrer Assistentin, sie müsse kurz weg, weshalb die andere sich bitte um das Signieren kümmern solle, wenn alles gut gehe, sei sie beim Abendessen wieder dabei.

»Ist es was Wichtiges?«, fragte die Assistentin, und diesmal sagte sie Ja.

»Ich muss unbedingt kurz was erledigen, danach komme ich gleich wieder.«

Vor dem Gebäude hielt sie ein Taxi an und sagte zu dem Fahrer, sie wolle ins Museum für lateinamerikanische Kunst. Als sie ankam, war das Podiumsgespräch fast zu Ende. Sie setzte sich in die hinterste Reihe. Im Unterschied zu ihren beiden Gesprächspartnern brillierte Vanina, und wie immer sah sie hervorragend aus, vielleicht noch besser als sonst. Sie selbst kam sich dagegen wie ein Mauerblümchen vor. Sie holte ihren Lippenstift aus der Handtasche und fuhr sich damit über die Lippen, anschließend versuchte sie, ihrem platt gedrückten Haar mit den Händen etwas mehr Volumen zu geben. Keine fünf Minuten später erklärte der Moderator die Veranstaltung für beendet, die Schriftsteller bedankten sich und verabschiedeten sich vom Publikum, das begeistert Beifall klatschte. Sie blieb angespannt auf ihrem Stuhl sitzen. Umringt von Leuten, die ihr Exemplare ihres Buches zum Signieren entgegenhielten, näherte Vanina sich dem Ausgang. Als sie an ihr vorbeikam, entdeckte sie sie und lächelte sie überrascht an. »Hallo«, sagte sie, »wie gehts?« Dann beugte sie sich hinab, um sie auf die Wange zu küssen. Ihr Herz setzte für einen Augenblick aus, anschließend pochte es umso heftiger. Sie ist mir also nicht böse, sagte sie sich erleichtert, brachte aber kein Wort heraus. Stattdessen sagte Vanina: »Wir sehen uns«, und drehte sich zu jemandem um, der sie am Ärmel zupfte. Die Nachrichten und Anrufe erwähnte Vanina nicht, sie selbst ebenso wenig. Vanina wurde auch nicht konkreter, sie sagte weder: »Ich ruf dich nächste Woche an, und dann gehen wir zusammen essen«, noch: »Hallo, na so was, schön dich zu sehen!« Alles, was sie sagte, war: »Wir sehen uns.« Aber das genügte ihr. Vanina hatte sie begrüßt und auf die Wange geküsst, es war also alles in Ordnung.

Sie sah auf die Uhr, schade, die Zeit reichte nicht, um Jorges Anzug bei der Reinigung abzuholen. Sie ging hinaus und hielt ein Taxi an. In der Avenida Libertador, auf dem Weg zu dem Abendessen mit Landó, ließ sie das Seitenfenster herunter und sog die Luft von Buenos Aires ein, genau wie Landó am Tag davor. Vielleicht hatte er recht, und diese Luft war wirklich etwas Besonderes. Die köstliche Luft ihrer Heimatstadt. Falls Vanina diese oder nächste Woche nicht anrief, würde sie sie anrufen. Oder ihr eine Nachricht schicken.

Frisiersalon Carla & Rubén

Die Idee mit der Sammlung stammte von ihr. Dass etwas daraus wurde, lag allerdings an ihm. Beziehungsweise, dass sie sich so prächtig entwickelte. Beide hatten also Anteil an dem Erfolg, und es ist ohnehin problematisch, einen solchen nur einer Person zuzuschreiben.

Begonnen hatte die Sache ein paar Jahre davor. Der Salon lief nicht besonders gut. Er lief nicht mehr gut, seit drei Querstraßen weiter ein neues, modernes Friseurgeschäft aufgemacht hatte. Es hieß Magic, wie alle Salons dieser Kette, die den Namen der dort arbeitenden Friseure keine Wichtigkeit beimaß. Ihr eigener Salon, der sich im vorderen Teil ihres Wohnhauses befand, hieß ganz traditionell: Frisiersalon Carla & Rubén.

Der neue Magic-Salon besaß einen Kaffeeautomaten, der nicht nur alle Arten von Kaffee anbot, sondern auch heiße Schokolade. Und jede Woche lagen die neuen Ausgaben aller möglichen Illustrierten aus. Dazu gabs Poster berühmter Frauen, die sich bei Magic die Haare schneiden ließen, wenn auch genau genommen nicht in dieser Filiale der Kette – in diesem Teil der Stadt waren keine Berühmtheiten unterwegs, zumindest keine Berühmtheiten im guten Sinne.

Carla kannte ihre Kundschaft gut genug, um zu wissen, dass es nicht einfach sein würde, mit den Starpostern und den frisch glänzenden Locken der lächelnden Telenovela-Diven zu konkurrieren. Mit diesem Gedanken beschäftigt, fegte sie eines Tages kurz vor Ladenschluss das über den Boden verstreute Haar zusammen. Da fiel ihr eine Strähne auf, und sie hatte eine Idee. Die Strähne war lang, gewellt, rotblond, dick. Statt sie mit aufzufegen, hob sie sie hoch, umwickelte ein Ende mit einem Gummiband und befestigte das Ganze auf einem weißen Stück Karton. Sie überlegte hin und her, verwarf mehrere Formulierungen und schrieb schließlich: »Vielen Dank, Rubén! Würde ich in Argentinien bleiben, würde ich niemand anderem meine Haare anvertrauen. Küsschen! Und dazu dieses kleine Souvenir.« Darunter eine Unterschrift, die bewusst so unleserlich gehalten war, dass jeder sich selbst ausmalen konnte, von welcher aufregenden Prominenz der Gruß stammte. Sie heftete den Karton an den Spiegel und verließ den Salon.

Am nächsten Tag sagte Carla nichts dazu, sie wartete einfach ab. Erst der dritten Kundin fiel die rotblonde Locke am Spiegel auf. Rubén war noch nicht gekommen. Von wem die Locke sei, fragte die Kundin. Carla sagte, sie dürfe den Namen nicht verraten, die Locke gehöre jetzt aber Rubén. Verschwörerisch flüsternd fügte sie hinzu: »Das ist aber nicht die einzige Locke.« Und sie versprach, nach und nach weitere Exemplare zu präsentieren. Vorausgesetzt natürlich, Rubén habe nichts dagegen. »Er hat nämlich eine ganze Sammlung, schließlich ist er schon lange im Geschäft. Früher hat er an allen möglichen Orten gearbeitet, nicht nur hier in der Stadt.«

Die Sache sprach sich herum. Carla fügte immer mehr weiße Kartons mit Locken und zweideutigen Unterschriften hinzu. Rubén war sich anfangs nicht sicher, ob er mitspielen sollte, merkte jedoch, dass die Kundinnen ihn auf einmal mit ganz anderen Augen ansahen. Und das war tatsächlich etwas Neues, bislang war er den Frauen nicht aufgefallen. Die beiden richteten einen Nebenraum, der bisher als Lager gedient hatte, her und präsentierten dort »die vollständige Sammlung«. Bald fingen sie an, für die Besichtigung Eintrittsgeld zu nehmen. Einen höheren Betrag, wenn die Kundin sich dabei von Rubén begleiten lassen und die Geschichten einiger besonderer Locken hören wollte. »Führung durch die Ausstellung«, hieß das. Je nachdem, wie viel die Interessentin zuvor für herkömmliche Dienstleistungen wie Schneiden, Färben oder Föhnen ausgegeben hatte, gab es Rabatt.

Eine langjährige Kundin fragte Carla eines Tages, ob die vielen »Frauengeschichten« ihres Mannes sie nicht eifersüchtig machten. »Hier geht es um Locken, nicht um Geschichten«, erwiderte Carla und vergaß dabei fast, dass diese Lockengeschichten von Anfang an reine Lügengeschichten waren.

Als eine Kundin sich einen Termin geben ließ, nur damit Rubén ihr eine Locke abschnitt und diese in die Sammlung aufnahm, nahm die Sache Fahrt auf. Warum nicht?, sagten sich die beiden. Eine Zusatzeinnahme konnte nicht schaden. Jetzt zogen sie das Ganze neu auf: Rubén schloss sich mit der Kundin im Lagerraum ein, entzündete eine Räucherkerze, legte Musik auf und schnitt ihr mit einer extra sanft schneidenden Schere eine Locke ab. Die Kundin schrieb eine Widmung auf den Karton, daneben befestigten sie die Locke, und die Frau ging glücklich von dannen. Dieses Ritual fand so viel Zuspruch, dass Frauen von weit her kamen, um in den Genuss dieser, ab sofort »Initiation« genannten, Dienstleistung zu gelangen.

Rubén arbeitete immer mehr. Carla oblag es, die Sammlung in makellosem Zustand zu halten, was gar nicht so einfach war, weil manche Locken beim Abstauben zerfielen. Aber sie beklagte sich nicht. Auch an dem Tag, als sie einen Schlüpfer in der Sammlung entdeckte, sagte sie nichts. Doch bald darauf fand sie einen zweiten Schlüpfer. Jetzt fiel ihr auch auf, dass die anderen Kundinnen Kommentare machten, wenn Rubén sich wieder einmal mit einer von ihnen im Lager einschloss.

Schließlich sprach sie ihn darauf an, und er gab es zu – die Initiationszeremonie war eine dermaßen sinnliche und intime Angelegenheit, dass es regelmäßig vorkam, dass er sich von einer Kundin angezogen fühlte und den unwiderstehlichen Drang verspürte, augenblicklich mit ihr zu schlafen.

Carla wurde wütend. Und eifersüchtig. Statt zu schreien oder eine Szene zu machen, sagte sie bloß: »Das will ich auch, nimm mich mit ins Lager und schneide mir die Haare.« Rubén sagte: Nein, mit ihr funktioniere das nicht, sie wüssten ja beide, dass das alles pure Erfindung sei. Carla bat und bettelte und fing schließlich doch an, zu schreien und zu weinen. Aber Rubén ließ sich nicht erweichen. Ja, er sagte sogar, vielleicht sollten sie beide sich eine Auszeit nehmen, und schlug vor, er könne ihr ja den Teil des Salons mit der Sammlung abkaufen.

»Die Sammlung gehört mir«, erwiderte sie.

Er lachte. »Ich gehe besser ein bisschen an die frische Luft, sonst ...«

»Sonst was?«, fragte Carla, aber Rubén war schon verschwunden. Sie lief ins Lager, riss wütend die Locken von der Wand, warf sie im Frisiersalon auf einen Haufen und zündete sie an. Dann ging sie in ihre gemeinsame Wohnung hinüber.

Als Rubén zum Salon zurückkehrte, bemerkte er schon an der Tür einen seltsamen Geruch. Er befürchtete das Schlimmste und fand sich bestätigt: Von der Sammlung war nur mehr eine Handvoll versengter Haare übrig. Und ohne Sammlung war er das reine Nichts.

Er ging zu seiner Schublade und suchte nach der extra scharfen Schere. Er konnte sie nicht finden, also nahm er die zweitschärfste und näherte sich damit der Tür zu ihren Wohnräumen. Dahinter erwartete ihn bereits Carla, in der Hand die extra sanft schneidende Schere.

Ist das alles?

Dass ihre Eltern sie mit fünfunddreißig Jahren zwingen wollten, mit ihnen die Ferien zu verbringen, fand sie unerträglich. Dass sie sich nicht widersetzen konnte, war eine Katastrophe. Bei ihrem letzten Anruf hatten sie unmissverständlich klargestellt, dass andernfalls einer von ihnen – im schlimmsten Fall ihre Mutter – sofort zurückkehren und bei ihr einziehen werde. Es gelang Rosalía nicht, sie zu überzeugen, dass keinerlei Gefahr bestand. Keine Rede davon, dass »das ganze Gebäude hätte in die Luft fliegen können«, wie eine Nachbarin, welche, wusste sie nicht, behauptet hatte. Wie ihre Mutter es schaffte, jederzeit und überall Informanten zu haben, war ihr unerklärlich. In der Schule, unter ihren Freundinnen, im Club – immer gab es jemanden, der ihr alles haarklein berichtete. Irgendwann sagte sie sich, dass ihre Mutter ihr wohl eines Nachts unbemerkt einen Chip hatte implantieren lassen. Als Rosalía ihr mitteilte, dass sie das Studium abbrechen werde, schien ihre Mutter nicht überrascht, ja, sogar einverstanden: »Wozu auch weitermachen? Du läufst ja sowieso nur auf den Gängen herum, statt in den Unterricht zu gehen.« Woher wusste sie das? Wer hatte es ihr gesagt? Dass Rosalía die Unterrichtsräume nicht betrat, stimmte, sie hatte panische Angst bei der Vorstellung, die Tür zu durchqueren. Ihre Hände fingen an zu schwitzen, und ihr blieb die Luft weg. Sie hatte aber nicht gewagt, es ihrer Mutter zu erzählen, aus Angst, sie werde wie so oft bloß erwidern: »Ist das alles, was du kannst, Rosalía? Ist das wirklich alles?« Das war ihr Lieblingsspruch: »Ist das alles, was du kannst?« Doch Rosalía hatte keine Ahnung, was sie konnte oder auch nicht konnte.

Auch diesmal wusste ihre Mutter Bescheid, noch bevor sie ein einziges Wort gesagt hatte.

»Welche Nachbarin, Mama? Warum hat die Nachbarin deine Telefonnummer? Wie kommt sie darauf, dass das Gebäude hätte in die Luft fliegen können?«

Statt zu antworten, erteilte ihre Mutter Befehle: »Du gehst jetzt zum Bahnhof und nimmst den ersten Bus, der hierherfährt. Wenn du in vierundzwanzig Stunden nicht da bist, machen wir uns auf den Weg zu dir.« Mit »hierher« war die Ferienwohnung gemeint, in der die Eltern für gewöhnlich einen Teil des Sommers verbrachten. »Zu dir« hieß in den Stadtteil Palermo, zu der Wohnung gegenüber dem Botanischen Garten, in der Rosalía seit fünf Jahren allein lebte, also seit ihre Mutter zu dem Schluss gelangt war, dass niemals ein Mann kommen und sie aus der elterlichen Wohnung entführen würde. Ein anderer Lieblingsspruch von ihr lautete: »So findest du nie einen Mann.« Da musste Rosalía ihr allerdings recht geben. Sosehr ihr die Vorstellung gefiel, einen Mann an der Seite zu haben, jagte sie ihr doch gleichzeitig einen unendlichen Schrecken ein, genau wie der Gedanke, einen der Unterrichtsräume in der Universität zu betreten.

Es lag am Gas. Rosalía war sich sicher, dass letztes Mal und dieses Mal das Gas schuld gewesen war. »Ja, und aller schlimmen Dinge sind drei«, hatte ihre Mutter gesagt, als sie ihr die Sache am Telefon erklären wollte. Beim ersten Mal hatte sie sich nicht umbringen, sondern schlafen wollen, wie sie damals hartnäckig wiederholt hatte. Aber die Mutter hatte ihr nicht geglaubt. »Rosalía hat versucht, sich umzubringen«, schrieb sie stattdessen der Analytikerin ihrer Tochter, als man diese eines Morgens vollgestopft mit Tabletten im Bett aufgefunden hatte, woraufhin man ihr den Magen leer pumpen musste. Ihrer Mutter ging es also weder um einen Termin, um über Rosalía zu sprechen, noch um eine Sitzung mit der ganzen Familie. Sie schrieb bloß diese kurze Nachricht, zeigte sie Rosalía und schickte sie ab. Als Rosalía sich besser fühlte, ging sie selbst zur Analytikerin, erzählte, was passiert war, und zu ihrer großen Erleichterung glaubte diese ihr. Ihre Eltern weigerten sich jedoch, weitere Sitzungen »dieser angeblichen Spezialistin, die dich beinahe hat sterben lassen«, zu bezahlen. So ging sie bloß noch zwei oder drei Mal zu der Frau, dann musste sie die Behandlung abbrechen. Die Nachricht an die Analytikerin »Rosalía hat versucht, sich umzubringen« war in Wirklichkeit kein Hinweis auf Rosalías gefährlichen Zustand, sie war vielmehr – typisch für ihre Mutter – eine kaum verhohlene Drohung: »Glauben Sie bloß nicht, dass wir Sie nach diesem Versagen weiter bezahlen werden.« Dass Rosalía ein ums andere Mal erklärte, es habe am Gas gelegen, war ihnen egal. Genau wie diesmal. Ihre Eltern verstanden es einfach nicht.

Die Sache mit dem Gas hatte im Jahr davor angefangen. Wer Anzeige erstattet hatte, wusste niemand – es konnte der Besitzer selbst gewesen sein, ein Mieter, ein Briefträger, ein Handwerker oder auch ein Fußgänger, der beim

Vorbeigehen einen ungewöhnlichen Geruch bemerkt hatte. Es konnte jedoch Monate, wenn nicht Jahre dauern, bis nach einer entsprechenden Anzeige die Gaslieferung wieder aufgenommen wurde, auch nachdem alle erforderlichen Reparaturarbeiten ausgeführt worden waren. Rosalía fand, es wäre netter gewesen, wenn der Unbekannte statt dem Gasversorger einfach dem Hausmeister oder jemandem von der Hausverwaltung Bescheid gegeben hätte. Aber nein, er hatte sich für den schlechtesten Weg entschieden. Nachdem die Anzeige erfolgt war, waren die Bewohner des Hauses machtlos. Denn sobald der Inspekteur und seine Leute ins Spiel kamen, war es völlig egal, welches Rohr womöglich undicht war – der Gasversorger nahm sich das gesamte Gebäude vor. Vom Keller bis unters Dach. Selbst in den Aufzugschächten sah man nach. Die undichte Stelle befand sich im Erdgeschoss, in der Garageneinfahrt. Dort war der Geruch nach faulen Eiern eindeutig am stärksten. An und für sich ist Gas geruchlos, wie Rosalía im Lauf der vielen gaslosen Monate lernte, in denen sie sich obsessiv mit dem Thema beschäftigte. Dabei lernte sie noch eine ganze Menge mehr. Sie wurde geradezu zur Gasexpertin. Sie las alles, was sie dazu auftreiben konnte, eignete sich Wissen an, recherchierte. So wusste sie schließlich nicht nur, dass man dem an und für sich geruchlosen Gas eine übel riechende Substanz hinzufügt, damit die Verbraucher rechtzeitig merken, wenn es zu einem ungewollten Austritt kommt. Sie erfuhr auch, dass die Renovierung eines Gebäudes erst dann als endgültig abgeschlossen gilt, wenn zweifelsfrei nachgewiesen ist, dass sämtliche Leitungen absolut dicht sind.

Sobald feststand, dass das Gas irgendwo in der Garageneinfahrt austrat, nahmen die Hausbewohner an, dass die

Sache bald erledigt wäre. Doch sie täuschten sich, die Inspekteure gaben sich damit nicht zufrieden. »Diese Gasleute sind die reinsten Sadisten, wer ständig diesen ekelhaften Geruch in der Nase hat, bekommt offensichtlich irgendwann einen Dachschaden«, erklärte Rosalía ihrer Analytikerin bei einer der letzten Sitzungen. »Es reicht ihnen nicht, dass sie die Stelle entdeckt haben, wegen der die Anzeige erstattet wurde, sie wollen noch mehr, keine Wohnung ist vor ihnen sicher.« Rosalía wohnte in einem charmanten alten Mietshaus, wie sie bei Maklern heiß begehrt sind, allerdings mit den Nachteilen, die ein in die Jahre gekommenes Gebäude mit sich bringt. Was die Gasinstallationen anging, entsprachen die Wohnungen jeweils den zum Zeitpunkt ihrer letzten Renovierung geltenden Vorschriften. Rosalías eigene Wohnung befand sich in dieser, aber auch in jeder anderen Hinsicht in perfektem Zustand. Die Eltern hatten sie ihr zu ihrem dreißigsten Geburtstag geschenkt, als sie zu der Einschätzung gelangt waren, dass sie wohl kaum je heiraten würde, dafür aber alt genug war, um allein zu leben. Alt genug, ja, deswegen allerdings noch lange nicht selbstständig, auch in finanzieller Hinsicht nicht. Noch nie hatte sie es länger als ein paar Wochen an einem Arbeitsplatz ausgehalten. Nicht nur in der Universität bekam sie vor Anspannung feuchte Hände, bei jedem Versuch, eine feste Arbeit aufzunehmen, ging es ihr genauso. Ihr Vater setzte alle möglichen Hebel in Bewegung, sprach mit Freunden, trieb schließlich eine freie Stelle auf, aber Rosalía beschränkte sich darauf, das entsprechende Gebäude zu umkreisen, weil der bloße Gedanke, hineinzugehen, sie vor Schreck erstarren ließ. Bis ihre Mutter eines Tages einen Beschluss fasste: »Wenn das alles ist, was du kannst, braucht dein Vater nicht mehr bei seinen Bekannten seinen Ruf aufs Spiel zu setzen. Da geben wir dir lieber selbst, was du zum Leben brauchst, das kommt uns billiger.« So nabelte Rosalía sich, wenigstens dem Anschein nach, von ihren Eltern ab, außerhalb ihrer eigenen vier Wände allerdings hielt die Überwachung an. Das Geld, das sie bekam, reichte gerade zum Durchkommen, mehr gab es nur, wenn die Eltern es für notwendig hielten. Den Monatsbeitrag für ein Fitnessstudio zum Beispiel, »auch wenn es in deinem Fall nicht viel bringt«. Oder das Honorar der Analytikerin, solange die Eltern der Ansicht waren, dass sie gute Arbeit leistete. Oder die Aufwendungen für eine Innenarchitektin, die Rosalías Wohnung nach dem Geschmack ihrer Mutter umgestaltete.

Die Leute von dem Gasunternehmen nahmen sich ihre Wohnung vor und übergaben ihr anschließend einen gelben Zettel, auf dem alle Mängel aufgelistet waren. Damit begann die eigentliche Katastrophe. Zuerst hieß es einen Installateur finden. Die Leute von der Hausverwaltung schlugen den Handwerker vor, der die undichte Stelle in der Garageneinfahrt repariert hatte, der Hausmeister empfahl einen anderen, und ihre Mutter schickte ihren eigenen Spezialisten vorbei. Da lehnte Rosalía sich auf, wies den Installateur ihrer Mutter ab, spielte »Ene, mene, mu – und raus bist du« mit den übrigen beiden Kandidaten und beauftragte schließlich den Mann, den der Hausmeister vorgeschlagen hatte. Zunächst sah das nach einer guten Wahl aus, die meisten Mitbewohner Rosalías hatten sich für den anderen entschieden, sodass ihr Handwerker mehr Zeit für sie hatte. Nach einigen Monaten war jedoch klar, dass er ein kleiner Betrüger war. Nach mehreren fehlgeschlagenen Versuchen schien das Problem irgendwann trotzdem gelöst. Der Inspekteur untersuchte die Stelle in der Garageneinfahrt und gab anschließend für die meisten Wohnungen des Gebäudes grünes Licht – außer für jene, wo der vom Hausmeister vorgeschlagene Installateur tätig gewesen war. Rosalía konnte es nicht fassen. »Warum heißt es bei allen anderen Ja, und bei mir Nein? Ich habe schließlich bloß einen Lüftungsfilter austauschen lassen!« In dem neuen Inspektionsbericht hieß es, es fehlten die Einbaupläne, was bis dahin nie moniert worden war. Von den anderen Eigentümern wurde zudem nichts dergleichen verlangt, nur von Rosalía und zwei, drei anderen. »Warum?«, wollte Rosalía wissen.

»Suchen Sie nicht nach Gründen«, erwiderte der Installateur, »diese Leute sind einfach so. Morgen kommt ein neuer Inspekteur und will etwas anderes. Das ist so, wie wenn ein Verkehrspolizist Ihre Papiere sehen will – auch wenn Sie alles Nötige dabeihaben, kann es ohne Weiteres passieren, dass an der nächsten Ecke ein anderer Polizist auf einmal ganz andere Sachen sehen möchte.« Auf Kosten ihres Vaters ließ Rosalía die gewünschten Pläne anfertigen. Einige Wochen später kam ein anderer Inspekteur und wollte einen Nachweis darüber, dass alles tatsächlich einwandfrei abgedichtet war. Der Installateur fertigte die entsprechende Bescheinigung aus und versicherte Rosalía, dass es diesmal keine weiteren Probleme geben werde. Sie ließen erneut den Inspekteur kommen, und es erschien wieder ein anderer, der auf einem gelben Zettel notierte: »Außenrohre nicht vorschriftsmäßig verplombt.«

»Was geht mich das an? Für die Außenrohre bin ich nicht zuständig, das ist Sache der Hausgemeinschaft«, klagte Rosalía dem Hausmeister ihr Leid.

»Machen Sie bloß keinen Aufstand, wenn deswegen wieder im ganzen Haus das Gas abgestellt wird, werden die anderen stinksauer auf Sie sein«, warnte der Hausmeister. Das wollte Rosalía unbedingt vermeiden. Der Installateur konnte das Verplomben nicht übernehmen, für Außenarbeiten dieser Art brauchte man die entsprechende Ausrüstung. Er empfahl ihr einen »Industriekletterer«. Daraufhin erfuhr sie nicht nur, was alles zur Tätigkeit eines solchen Spezialisten gehört, sondern auch, dass man eigens eine Versicherung für ihn abschließen muss, für den Fall, dass er abstürzt. Dies und noch viel mehr lernte sie in den langen Monaten, in denen sie zwangsweise mit dem Thema Gas beschäftigt war. Ebenso wusste sie längst, dass das nächstgelegene Kundenzentrum ihres Gasversorgers nur zehn Minuten zu Fuß von ihrer Wohnung entfernt war, und von dessen Telefonansage hatte sie gelernt, dass sie »bitte nicht auflegen« solle, da »der nächste Berater schon in wenigen Minuten zur Verfügung« stehe, was sich selbstverständlich niemals bewahrheitete, vorher brach die Verbindung unweigerlich jedes Mal ab.

Nachdem der Industriekletterer seinen Auftrag erledigt hatte, kam erneut der Inspekteur. Ein anderer Inspekteur. Er erklärte, es sei so weit, sie könnten den neuen Zähler bestellen. Rosalía öffnete eine Flasche Wein und stieß mit dem Installateur und dem Hausmeister an. Als Wochen später der Mann mit dem neuen Zähler erschien, stellte sich heraus, dass er nicht zu den alten Rohren passte, weshalb er ihn ungetaner Dinge wieder mitnahm. Das brach Rosalía endgültig das Genick. Schreiend beschimpfte sie den Installateur per Telefon, doch der verteidigte sich: »Diese Leute wollen einfach Geld, wenn das nächste Mal der Inspekteur kommt, müssen Sie ihm ein bisschen um den Bart gehen und ihm ein paar Scheine zustecken. Sonst wird da nie was draus.« Nichts lag Rosalía ferner, als jemanden bestechen zu wollen, aber sie war mit den Nerven am Ende und brauchte unbedingt eine Lösung. Ihre Mutter hatte ihr bereits einen Heißwasserbereiter, ein elektrisches Heizgerät und eine elektrische Kochplatte gekauft. Sich darüber hinaus auch noch einen Boiler zuzulegen, weigerte sie sich jedoch, obwohl sie die kalten Duschen unausstehlich fand. Sie wollte ihr Gas wiederhaben, wie alle anderen im Haus. Sie übergab dem Installateur, der sich bereit erklärt hatte, die »Drecksarbeit« für sie zu übernehmen, eine stattliche Summe Geld und wartete auf den nächsten Besuch des Inspekteurs, doch als er schließlich erschien, war weder von ihrem Installateur noch von dem Geld etwas zu sehen. Sie wollte den Mann mit der erstbesten Ausrede wieder fortschicken, um beim nächsten Mal den Installateur an der Seite zu haben. Laut schreiend stritt sie mit dem Inspekteur im Hauseingang. Wieder und wieder rief sie bei dem Installateur an, aber der hatte sein Telefon offensichtlich ausgestellt. Sie schrie so lange, bis jemand die Polizei holte. Da schloss sie sich in ihrem Zimmer ein und nahm eine Beruhigungstablette. Dann noch eine, und noch eine, und noch eine. Dass am selben Tag auch in ihrer Wohnung die Gaslieferung wieder aufgenommen wurde, bekam sie nicht mit. Und auch nicht, dass der Installateur ihr Geld einfach für sich behalten hatte. Als ihre Mutter sie nach der Magenspülung in die Wohnung zurückbrachte, machte sie ihr einen Tee auf dem Gasherd, woraufhin Rosalía vor Aufregung und Begeisterung zu weinen anfing. »Ist das alles, was du kannst, Rosalía? Dich wegen eines Problems mit der Wohnung umbringen?« Sie erklärte, sie habe sich nicht umbringen wollen, sie habe sich nur beruhigen wollen und schlafen, schlafen, schlafen. Dass die Mutter ihr nicht glaubte, machte ihr an diesem Tag jedoch nichts aus. Sie hatte endlich wieder Gas.

Sie nahm den erstmöglichen Bus. Ihr Vater erwartete sie am Bahnhof. »Wie kann das sein, Rosalía?«

»Es lag am Gas, Papa.« Wieder war das Gas der Auslöser gewesen, wie damals, als sie ihr den Magen auspumpen mussten. Zwei Tage vor dem neuerlichen Vorfall kam sie gerade vom Fitnessstudio zurück und erblickte beim Betreten des Hauses einen Angestellten des Gasunternehmens. Sogleich befürchtete sie das Schlimmste – man würde ihr erneut das Gas abstellen. Sie ging auf den Mann zu und fragte, was er vorhabe. Er antwortete nicht. Da fing sie an zu schreien. Der Mann versuchte sie zu beruhigen und erklärte, er sei auf dem Weg zu einer anderen Wohnung. Aber sie glaubte ihm nicht. Sie lief eilig nach oben, drehte in ihrer Küche sämtliche Kochfelder an und stellte fest, dass tatsächlich Gas ausströmte. Erleichtert blieb sie reglos vor dem Herd sitzen, um sicherzugehen, dass das Gas nicht doch noch abgestellt wurde. In der Küche roch es immer stärker nach faulen Eiern, aber das war ihr egal. Hauptsache, das Gas strömte weiter. Bis sie irgendwann ohnmächtig wurde. An das, was danach geschah, erinnerte sie sich nicht, nur dass ein Arzt sie untersuchte, während sie im Wohnzimmer, dessen Fenster weit offen standen, in ihrem Sessel saß. Und dass irgendwann ihre Mutter anrief, vom Ferienhaus aus. Und so war sie wieder hier, im Sommerurlaub mit ihren Eltern, wie in ihrer Teenagerzeit. In dem Haus, das sie hasst, an dem Strand, den sie hasst, bei den Eltern, die sie – Gott möge ihr vergeben – ebenfalls hasst.

Der Tag zog sich in die Länge. Am späten Nachmittag, als kaum noch Leute unterwegs waren, brach sie zu einem Strandspaziergang auf. Sie setzte sich in eine Düne und betrachtete das Meer. Ein paar Minuten später ließ ein Mann mit einem Buch in der Hand sich in ihrer Nähe nieder. Lange saß er schweigend da und las. Rosalías Hände wurden feucht. Irgendwann bat der Mann sie um Feuer, und sie antwortete, sie habe keins, sie rauche nicht. Der Mann lächelte. Noch nie war sie jemandem mit einem so anziehenden Lächeln begegnet. »Umso besser, kleine Erholungspause für meine Lungen …«, sagte er. Und rückte näher, um ihr das Buch zu zeigen, das er las. Er bot an, es ihr zu leihen, wenn er damit fertig war. »Sehen wir uns morgen wieder, hier, um die gleiche Uhrzeit?« Sie sagte Ja. Inzwischen schwitzte sie am ganzen Körper, nicht nur an den Händen. Erregt ging sie in die Ferienwohnung zurück und schloss sich in ihrem Zimmer ein. Berührte sich. Tanzte vor dem Spiegel.

Am nächsten Tag wartete sie sehnsuchtsvoll auf den Abend. Trotzdem bildete sie sich ein, dass es ihr gelang, sich die Unruhe nicht anmerken zu lassen, ihre Mutter machte jedenfalls keinerlei Kommentar. Zur verabredeten Uhrzeit ging sie an den Strand. Der Mann war schon da. Er gab ihr das Buch und sagte, er habe es am Abend davor zu Ende gelesen und dabei an sie denken müssen. Sie brauche es ihm nicht zurückzugeben. Es sei ein Geschenk. Rosalía stiegen Tränen in die Augen, und um davon abzulenken, sagte sie, sie finde es jedes Mal bewegend, zuzusehen, wie hinter den Dünen die Sonne untergeht. Er erwiderte, da müsse sie unbedingt einmal am frühen Morgen herkommen, »bei dem Anblick, wie die Sonne aus dem Meer steigt, kann man gar nicht anders, als sich verlieben«. Sie, die sich bereits verliebt hatte, lächelte nur. Und versuchte, nicht an ihre Mutter zu denken und sich nicht zu fragen, ob dieser Mann ihr gefallen würde. Noch weniger Lust hatte sie auf die Erinnerung an die Sache mit dem Gas, deretwegen sie an diesem Strand gelandet war. Stattdessen konzentrierte sie sich mit aller Kraft auf den Mann neben ihr und auf das Meer vor ihnen. Da stand er auf, um eine windgeschützte Stelle zu suchen, wo er seine Zigarette anzünden konnte. Plötzlich erschien auf dem Display des Mobiltelefons, das er neben ihr auf dem Handtuch hatte liegen lassen, auf dem sie eng nebeneinandersaßen, eine Nachricht: »Ich glaube, Rosalía sollte allmählich zurückkommen.« Sie begriff nicht. Wer sprach da von ihr? Sie betrachtete den Namen des Absenders und verstand immer noch nicht, oder wollte nicht verstehen. In ihrem eigenen Handy hatte sie ihre Mutter unter »Mama« gespeichert. Sie brauchte eine Weile, bis sie begriff, dass sie ihren Vor- und Nachnamen vor sich hatte. Als ihr das klar wurde, fiel sie fast in Ohnmacht. Der Mann kam mit der brennenden Zigarette zurück und fragte, ob sie mal ziehen wolle. Sie starrte zum Horizont und sagte kein Wort. »Schön, was?«, sagte der Mann und warf anschließend einen Blick auf sein Telefon. »Sollen wir dann mal gehen?«, schlug er vor. Sie sprang mit einem Satz auf und machte sich auf den Weg nach Hause.

Wie sie es schaffte, beim Abendessen mit ihren Eltern am Tisch zu sitzen, weiß sie selbst nicht. Falls sie ihr etwas anmerkten, gaben sie es nicht zu erkennen. Sie aß kaum etwas, entschuldigte sich, als sie fertig waren, und ging in ihr Zimmer. Niemand stellte irgendwelche Fragen. Sie weinte nicht und nahm auch keine Tabletten, sie wartete bloß ab. Wieder würde es das Gas sein. Sie wartete, bis ihre Eltern schliefen. Das stille dunkle Haus gab ihr die Erlaubnis. Vorsichtig öffnete sie ihre Zimmertür. Ging in die Küche. Die Teller, die ihre Mutter abgewaschen hatte, standen im Abtropfgestell. Durch die Lüftungsklappe hörte man das Rauschen des Meeres. Sie schloss die Klappe. Trank Wasser, holte tief Luft, einmal, zweimal, dreimal. Dann stand ihr Entschluss fest. Sie ging durch den Flur zur Tür ihrer Eltern und überprüfte, ob sie tatsächlich offen war. Sie warf einen letzten Blick auf die beiden, hörte ihr leises Schnarchen, stammelte einen Vorwurf. Dann kehrte sie in die Küche zurück. Schaltete das Licht aus. Drehte das Gas auf – auch für den Backofen – und wartete, bis sie den fauligen Geruch wahrnahm.

Als sie merkte, dass ihr schwindlig wurde, ging sie fort.

Sie überquerte die Straße, die das Haus vom Meer trennte, die Luft schien ihr schwer, voller Salz. In der Handtasche hatte sie das Buch, das der Mann ihr geschenkt hatte. Sie zog es hervor, riss ein Blatt nach dem anderen heraus und überließ sie dem Wind. Manche Blätter fielen ins Meer, saugten sich mit Wasser voll und gingen unter. Die anderen tanzten über dem Sand.

Barfuß ging sie den dunklen Strand entlang.

Wohin sie unterwegs war, wusste sie nicht, sie wollte bloß sehen, wie die Sonne beim Morgengrauen aus den Wellen stieg.

Carinasauce

Sie bleibt vor dem Konservenregal stehen. Sie möchte eine leckere Sauce machen, so lecker wie noch nie. Auch wenn sie die Sauce schon so oft gemacht hat. Sie ist keine gute Köchin, aber sie weiß, gute Beilagen bessern noch das bescheidenste Essen auf. In ihren vierundzwanzig Ehejahren hat sie bis zum Überdruss immer wieder drei verschiedene Rezepte gekocht. Vierundzwanzig Jahre lang. Pilzsauce für Fleischgerichte, Lauchcreme für Fischgerichte und Carinasauce aus Tomaten für Nudelgerichte. Das Rezept stammte aus einem alten Kochbuch, aber sie hatte es kurzerhand nach sich selbst benannt. Eine harmlose Lüge. Zu einer böswilligen Lüge wäre sie nicht imstande, wenn sie lügt, dann immer nur in bester Absicht. Zu den Tomaten fügt man sehr fein gehacktes Gemüse hinzu, Karotten, Lauch, Kapern. Sie war gerade mit dem Gemüsezerkleinern beschäftigt, als Arturo in der Küche erschien. Wie an jedem ersten Samstag im Monat sollten heute Marcela und Tomás kommen, die bereits beide von zu Hause ausgezogen sind. Nachdem mehrere Einladungen kurzfristig geplatzt waren, hatten sie sich hierauf geeinigt: das Mittagessen am ersten Samstag im Monat war heilig. Deshalb wunderte sie sich, als Arturo verkündete, er werde sie verlassen. Wenn er es ihr erst nach dem Essen gesagt hätte, hätte das keinen Unterschied ausgemacht. Oder doch.

Carina wählt zwei Tomatendosen aus und stellt sie in den Einkaufswagen, zu dem Glas mit den Kapern, den zwei Flaschen Rotwein von Arturos Lieblingssorte und der Packung Ravioli. Sie betrachtet die Dosen genauer, nimmt eine noch mal in die Hand und tauscht sie dann gegen eine andere aus dem Regal ein, denn sie hat eine kleine Delle. Warum eine Dose mit Delle nehmen, wenn die ohne Dellen dasselbe kosten? Da fällt ihr eine von Arturos Lieblingsweisheiten ein: »Lass dir kein X für ein U vormachen.« Armer Arturo. Sie geht zu den Kassen und stellt sich dort an, wo die wenigsten Männer warten. Männer sind einfach unfähig zum Einkaufen, sagt sie sich, immer machen sie den Wagen zu voll, und wenn sie dann bei der Kasse ankommen, geraten sie ins Zweifeln, stellen fest, dass sie das Gemüse nicht abgewogen haben, oder kehren um, weil sie etwas vergessen haben. Arturo ist nie einkaufen gegangen. Darüber hat sie sich nie beschwert. In den vierundzwanzig Jahren ihrer Ehe hat sie sich nie über irgendetwas bei ihm beschwert. Er umgekehrt auch nicht, bis heute Morgen. Das heißt, im eigentlichen Sinne beschwert hat er sich nicht. Wer sich beschwert, möchte, dass sich etwas ändert. Arturo hat ihr dagegen bloß etwas mitgeteilt, aber nichts verlangt. Hätte er doch irgendetwas verlangt!

Die Frau vor ihr kommt an die Reihe und fängt an, ihre Sachen aufs Band zu legen. Carina sieht auf die Uhr. Obwohl es eine Weile gedauert hat, bis die Küche sauber war, liegt sie gut in der Zeit. Vor zwei Uhr kommen die Kinder auf keinen Fall. Zu Arturo hat sie gesagt: »Und was soll ich den Kindern sagen?«

»Ich erkläre es ihnen selbst«, hat er erwidert, »später.« Ja, natürlich, Arturo erledigt so was immer später. Sie dagegen würde den Kindern gegenübertreten und ihnen erklären müssen, warum ihr Vater diesmal nicht beim Mittagessen am ersten Samstag im Monat dabei ist. Sie hat versucht, ihn zu überreden, erst nach dem Essen zu gehen. Aber er hat gesagt, er habe den Koffer schon fertig. Doch das war nicht das Entscheidende, weder der gepackte Koffer noch, dass er nicht zum Mittagessen blieb. Bis dahin war sie zwar verwirrt und aufgewühlt, hatte sich aber im Griff. Er fügte hinzu, er werde erwartet. Eine andere Frau. Aber auch das war nicht entscheidend, immer gibt es eine andere Frau. Dafür wollte sie jetzt wissen, was es gewesen war. Wer oder warum oder wie, das interessierte sie nicht.

»Wie, ›was‹?«, fragte Arturo.

Carina erklärte es ihm: »Was an mir hat dich dazu gebracht, nach einer anderen Frau zu suchen, mich zu verlassen?«

Er gab Allgemeinplätze von sich – die Zeit, die vergeht, und die Liebe, die darüber verloren geht, der Alltag, der alle Vorhaben und Pläne zunichtemacht. Lauter Halbwahrheiten, aber mit Halbwahrheiten wollte sie sich nicht abspeisen lassen. Weshalb sie noch einmal fragte: »Was?« Wenn er ihr keinen genaueren Grund nannte, würde sie ihn nicht gehen lassen. Erklärte sie. Drohte sie.

Da sagte er es, denn er wollte ja weg: »Dein Geruch, du riechst komisch – du riechst schlecht.« Sie fühlte sich wie von einem Axthieb getroffen. Sie sah ihn verwirrt an, und er spürte womöglich, dass er noch deutlicher werden musste, denn er fügte hinzu: »Dein Atem riecht schlecht, deine Haut, dein Haar.« Da riss bei ihr der Faden, und nichts konnte sie jetzt noch zurückhalten. Den Axthieb, von dem sie sich getroffen fühlte, sollte er genauso spüren. Das Messer, mit dem sie das Gemüse geschnitten hatte, hatte sie noch in der Hand. Und der Faden war gerissen.

Carina zahlt, legt die Sachen in den Einkaufswagen zurück und macht sich auf den Weg zum Parkplatz. Sie weiß nicht mehr, wo sie das Auto abgestellt hat, und geht suchend auf dem Parkplatz hin und her.

Ein Parkwächter nähert sich: »Kann ich Ihnen helfen? Keine Sorge, Sie sind nicht die Erste, der das passiert.« Aber sie ist natürlich in Sorge, sie muss nach Hause, die Sauce fertig machen, ihren Kindern mitteilen, dass ihr Vater nicht mit ihnen zu Mittag essen wird. Sie will nicht, dass dieser Mann sie begleitet. Er bittet sie um die Autoschlüssel, reißt sie ihr fast aus der Hand. Dann deutet er bald in diese, bald in jene Richtung, bis schließlich wenige Meter von ihnen entfernt die Seitenlichter zu blinken beginnen. Carina bedankt sich und möchte zu ihrem Auto gehen, aber der Mann lässt nicht zu, dass sie den Einkaufswagen schiebt. Carina verzichtet schließlich darauf, ihn von seinem Vorhaben abzubringen. Gleich darauf bereut sie das, denn beim Näherkommen entdeckt sie den Blutfaden, der aus dem Kofferraum rinnt. Sie sieht den Parkwächter an. Der versteht ihren Blick falsch: »Ich helfe Ihnen beim Einladen.« Sie weiß, dass jeder Widerstand vergeblich wäre. »Nicht in den Kofferraum, packen Sie einfach alles auf den Rücksitz«, sagt sie und tritt auf einen kleinen Fleck, der sich auf dem Boden gebildet hat, da, wo es weiterhin tropft. Der Mann senkt den Blick. »Na so was!« Carina wird noch nervöser, was will der Mann? Sie kann ihm doch nicht die Wahrheit gestehen. Sie überlegt, ob sie ihn mit dem Einkaufswagen attackieren und davonlaufen oder erneut das Messer zücken soll, das sich in ihrer Handtasche befindet. Aber da lächelt der Mann und fügt hinzu: »Man sieht, dass Sie heute Morgen nicht ganz bei der Sache waren.« Dabei deutet er auf Carinas Füße.

Erst jetzt merkt sie, dass sie einen braunen und einen schwarzen Schuh anhat.

Kurzzeitvermietung

Sie fährt allein nach oben. Martín hat gesagt, sie soll unten warten, er bringt erst die Koffer rauf und holt sie dann. Aber sie möchte jetzt nicht warten. Was soll ihr nach dem, was passiert ist, noch passieren? Der Aufzug bewegt sich langsam, er scheint nicht für den Schacht gedacht, in dem er in die Höhe steigt. Bestimmt ist er nachträglich eingebaut worden, viele Jahre nach Errichtung des Hauses. An diesen Gedanken klammert sie sich, oder versucht das wenigstens, sie gibt sich Mühe, ihren Kopf mit etwas zu beschäftigen, woran ihr wenig liegt, also mit diesem Aufzug zum Beispiel. Wenn ihr das gelingt, braucht sie vielleicht eine Weile nicht an etwas anderes zu denken. Während sie nach oben fährt, versucht sie über die Sache in ebenso verwickelten Bandwurmsätzen nachzudenken, wie sie ihr in den meisten Büchern begegnen, die sie für ihren Verlag lektoriert: »Für gewöhnlich einigen sich in Gebäuden wie dem infragestehenden – meist sind sie irgendwann zwischen 1930 und 1950 errichtet worden und nur wenige Stockwerke hoch – die Nachbarn auf Drängen neuer Eigentümer oder von Bewohnern, die geringere Bereitschaft zum Treppensteigen zeigen, am Ende einer langen Eigentümerversammlung darauf, zugunsten eines mechanischen Fahrstuhls Abstriche bei der Eleganz dieser Bauwerke in Kauf zu nehmen.« Eines Fahrstuhls wie dem, der Natalia an diesem Tag im Mai langsam zu dem Stockwerk bringt, in dem sich ihre neue Wohnung befindet. »Mein neues Heim«, sagt sie sich ironisch. Sie will kein neues Heim. Aber irgendwo muss man schließlich schlafen, essen, sich waschen. Die Wohnung, die sie in diesem Augenblick ansteuert, ist nur als Übergang gedacht, eine Zwischenlösung zwischen der, die sie und Martín nach ihrer Hochzeit vor drei Jahren gekauft haben, und der nächsten, die sie irgendwann beziehen werden. Sie waren beide der Meinung, dass es nicht gut wäre, nach dem Aufenthalt im Sanatorium in ihre bisherige Wohnung zurückzukehren, aber weder er noch sie waren imstande, sich zum jetzigen Zeitpunkt auf die Suche nach einem Ort zu machen, wo nichts sie an das Kind, das gestorben ist, erinnert. »Das Kind, das gestorben ist«, so bezeichnet sie es, wenn sie an es denkt. Nicht mit dem Namen, mit dem sie es vor zwei Jahren ins Geburtenregister haben eintragen lassen – Germán. Ebenso wenig bezeichnet sie es als »mein Kind«. Nur »das Kind, das gestorben ist«. Als ermögliche ihr dieses sprachliche Konstrukt, sich von ihrem Kind zu entfernen, es in sicherem Abstand zu halten, damit sich ihr nicht wieder die Kehle zuschnürt und sie zu weinen anfängt. Sie hat tagelang um Germán geweint. Um »das Kind, das gestorben ist«, weint sie nicht.

Als der Aufzug im dritten Stock hält, steht Martín schon auf der anderen Seite der Tür.

»Ich hab doch gesagt, ich komm gleich runter und hole dich.«

Natalia antwortet nicht. Sie ergreift seine Hand und lässt sich von ihm zur Tür der Wohnung 3B führen. Sie ist nicht zu verfehlen, in jedem der vier Stockwerke des Gebäudes gibt es bloß zwei Wohnungen. Martín steckt die Hand in die

Tasche und holt den Ring mit den zwei Schlüsseln heraus, den man ihnen im Immobilienbüro ausgehändigt hat. Einer ist für die Haus-, der andere für die Wohnungstür. Zuerst versucht er es mit dem falschen, einmal, noch einmal, dann nimmt er den anderen, und die Tür geht auf. Natalia betrachtet den Schlüsselanhänger, der hin und her baumelt, während Martín aufschließt: ein altes Bronzekreuz mit rosafarbenen und hellblauen Perlen.

»Wo kommt denn der Anhänger her?«, fragt sie.

»Keine Ahnung, ich hab die Schlüssel so im Immobilienbüro bekommen. Ganz schön schwer das Ding, und stören tut es auch, ich besorge nachher etwas anderes.«

»Lass doch, so lange bleiben wir schließlich nicht hier, oder?«

»Ja, so lange bleiben wir nicht hier«, wiederholt Martín und streicht ihr zärtlich übers Haar.

Natalia geht rein und sieht sich, ohne die Handtasche abzulegen, um. Die Fenster sind zwar nicht besonders groß, trotzdem ist das Wohnzimmer ziemlich hell. Die Möbel sind genau, wie Natalia es sich von einer solchen Wohnung vorgestellt hat: weiße Kunstledersessel, ein Lacktisch, ein Blumentopf mit einer Grünpflanze, deren Namen sie nicht kennt, ein Plasmafernseher, sterile Dekorationsgegenstände, ein Spiegel mit bronzefarbenem Rahmen, das ist auch schon fast alles. Die spärliche Möblierung erinnert mehr an Fotos aus einem Design-Magazin als an eine bewohnte Wohnung, in der sich im Lauf der Jahre immer mehr Dinge ansammeln – weder aus nützlichen noch aus ästhetischen Erwägungen, einfach nur weil sich bestimmte Erlebnisse mit ihnen verbinden. Eben deshalb können sie auch nicht in ihre Wohnung zurückkehren, jeder Gegenstand dort steht für eine Geschichte, eine Erinnerung, ein von dem Kind, das gestorben ist, gestammeltes Wort. Die Woche, die sie im Haus von Natalias Mutter zugebracht haben, hat es deutlich gezeigt. Nur mit großer Überwindung schafften sie es, nicht aneinanderzugeraten, nicht ständig in Tränen auszubrechen, in Natalias Anwesenheit Germán nicht zu erwähnen, das um keinen Preis. Aber allen war bewusst, dass diese mühsam aufrechterhaltene Ruhe nicht von Dauer sein konnte. Weshalb Martín sich schleunigst auf die Suche nach einem Ausweichquartier machte. Nur für sie beide, für den Rest ihrer Familie, die sich aufgelöst hatte, kaum dass sie gegründet worden war. Einen Durchgangsort, für kurze Zeit, der hohe Preis ist es wert, so können sie in Ruhe entscheiden, wie es weitergehen soll.

An die Wohnung kamen sie durch einen seltsamen Zufall. Martín unterhielt sich in der Küche des Bestattungshauses, wo die Totenwache für das Kind abgehalten wurde, mit einem Freund. Neben ihnen war eine Angestellte des Unternehmens damit beschäftigt, Kaffee zu kochen.

»Entschuldigen Sie, wenn ich mich einmische«, sagte die Frau plötzlich. »Meine Schwester betreibt ein kleines Immobilienbüro, sie vermietet möblierte Wohnungen. Falls Sie interessiert sind, kann ich Ihnen die Telefonnummer geben.«

Martín sah sie an, ohne etwas zu erwidern. Es störte ihn, dass sie mitgehört hatte. Sie merkte es, senkte den Kopf und widmete sich, ohne noch etwas zu sagen, wieder dem Kaffee. Wenige Tage später erschien Martín jedoch erneut in dem Bestattungsunternehmen und fragte nach ihr. Die Frau schien weder erstaunt noch gekränkt, sondern zog die Visitenkarte des Immobilienbüros aus ihrer Jackentasche, als hätte sie ihn schon erwartet.

Noch in derselben Nacht hören sie das Weinen zum ersten Mal. So gegen zwei oder drei Uhr am Morgen. Natalia war gerade erst eingeschlafen, wenigstens fühlt sie sich so, als sie mühsam die Augen aufschlägt. Sie hört es als Erste. Schwer zu sagen, ob Junge oder Mädchen. Ein Baby ist es jedenfalls nicht, da ist sie sich sicher, das Weinen eines Babys ist nicht zu verkennen. Das Weinen, das sie hört, ist eher ein Wimmern, ein leises Seufzen, als würde jemand um Verzeihung bitten. Oder um Nachsicht. Martín zu wecken traut sie sich nicht, bestimmt wird er sagen, dass sie weiterschlafen soll, dass da niemand weint, dass sie das nur geträumt hat. Von dem Kind, das gestorben ist, wird er nichts sagen, aber er wird an es denken, er wird davon ausgehen, dass Natalia Germán im Schlaf hat weinen hören, dass sie von ihm geträumt hat, dass sie noch eine ganze Weile von ihm träumen wird. Natalia setzt sich im Bett auf, schiebt sich das Kissen unter den Rücken. Sie öffnet weit die Augen, um ganz sicher zu sein, dass sie nicht schläft. Und sie hört weiterhin das Weinen, es kommt von der anderen Seite der Wand, die sie von der Wohnung 3A trennt. Erst als aus dem leisen Wimmern ein lauter Schrei wird, wacht auch Martín auf.

»In der Nachbarwohnung weint jemand«, sagt Natalia.

Martín sagt nichts, richtet sich aber ebenfalls auf.

»Was sollen wir machen?«, fragt Natalia, als das Weinen erneut von einem Schrei unterbrochen wird.

»Nichts«, sagt er. »Was sollen wir schon machen?«

»Ob er allein ist?«

»Mir kommt es so vor, als ob da eine Frau weint.«

»Nein, das ist ein Junge.«

»Ich weiß nicht. Kann sein.«

Als Natalia gerade aufstehen und zur Wand gehen möchte, hört das Weinen auf. Sie sieht Martín an, sagt aber nichts, wartet ab, was er sagt.

»Na also, das wars.«

Sie nickt und gleitet wieder unter die Decke.

Am nächsten Tag geht Martín früh zur Arbeit. Sie selbst hat noch zwei Wochen frei. Im Verlag hatte niemand etwas einzuwenden, als sie sagte, dass sie abwarten wolle, bis es ihr wieder besser gehe. Außerdem warteten mehrere Texte in ihrem Computer. Wenn sie in der Stimmung dazu sei, werde sie von zu Hause aus arbeiten, hatte sie ihren Kollegen erklärt. Mit »zu Hause« meinte sie allerdings nicht die Wohnung, in der sie und Martín und das Kind, das gestorben ist, bis vor Kurzem gelebt haben, sondern ihr neues Übergangsquartier.

Gegen Mittag bricht Natalia auf, um etwas zum Essen einzukaufen. Während sie auf den Aufzug wartet, geht die Tür der Nachbarwohnung auf. Zuerst erscheint eine Frau, eine Frau mit einer großen schwarzen Sonnenbrille. Auf beiden Seiten hat sich ihr je ein Junge untergehakt. Ihnen folgen zwei Mädchen, die eine ist etwa dreizehn, die andere etwa fünf. Die Kleidung der vier Kinder stammt offensichtlich aus ein und demselben traditionellen Geschäft: Die Jungen tragen weit geschnittene Hemden, Hosen aus grauem Wollserge und blank polierte Halbschuhe, die Mädchen langärmlige Rüschenblusen und lange Röcke. Sie wirken wie aus einer anderen Zeit. Natalia sagt zur Begrüßung: »Hallo, guten Tag.« Die Frau bewegt den Kopf, oder so kommt es ihr wenigstens vor. Das ältere Mädchen und die beiden Jungen sehen sie nicht einmal an.

Nur das kleine Mädchen erwidert: »Guten Tag«, und lächelt sie an.

Da nicht alle in den Aufzug passen, gehen die Frau und die Jungen, weiterhin untergehakt, die Treppe hinunter. Mit den beiden Mädchen in der engen Kabine eingezwängt, versucht Natalia herauszufinden, welche der beiden in der Nacht wohl geweint hat. Aber keiner ist irgendetwas anzusehen. Bevor der Aufzug das Erdgeschoss erreicht, nimmt sie ihren Mut zusammen und spricht die Kleine an, die sie die ganze Zeit anstarrt: »Und, gehts gut?«, sagt sie.

»Ja«, sagt das Mädchen, aber sie glaubt ihr nicht.

Die Jungen und die Frau warten schon vor dem Hauseingang. Natalia braucht eine Weile, um die Aufzugtür zu schließen. Als sie zum Eingang blickt, sieht sie, dass das kleine Mädchen ihr von draußen zuwinkt, als wollte sie sie auffordern, näher zu kommen.

In der zweiten Nacht nimmt Natalia eine Schlaftablette, weshalb sie, selbst wenn wieder jemand in der Nachbarwohnung weint, nichts mitbekommt. Ebenso wenig bekommt sie mit, dass Martín sehr wohl ein erneutes Weinen hört, aber weder fragt sie ihn am nächsten Morgen danach, noch hält er es für klug, ihr davon zu berichten. Sie nimmt sich einen Essay über Kolonialarchitektur in der Region Río de la Plata vor, aber nach zwei Kapiteln legt sie den Text wieder zur Seite. Den restlichen Vormittag sieht sie fern, zumindest ist der Apparat vor ihr eingeschaltet. Mittags isst sie, was Martín vom gestrigen Abendessen säuberlich im Kühlschrank deponiert hat. Später nimmt sie plötzlich ein seltsames Geräusch wahr. Ein Summen oder Pfeifen, als bewegte sich etwas mit hoher Geschwindigkeit durch die Luft, dann ein trockener Knall. Sie nähert sich der Wand, hinter der sich die Nachbarwohnung befindet, und will schon das Ohr daran pressen, aber dann kommt sie sich lächerlich vor und beschließt, lieber spazieren zu gehen. Im Treppenhaus hört sie das Summen erneut, diesmal noch deutlicher, auch der Knall scheint stärker, und danach ist ein Stöhnen und ein müdes »Au« zu vernehmen, als hätte die Person, die es von sich gibt, keine Kraft mehr, um noch richtig aufzuschreien. Als sie die Aufzugtür schließt, hat sie den Eindruck, die Tür der Nachbarwohnung öffne sich ein wenig und jemand beobachte sie durch den Spalt. Sie lässt sich davon aber nicht aufhalten, und als sie im Erdgeschoss ankommt, geht sie eilig hinaus. Sie überquert die Straße und blickt nach oben. An einem der Fenster kann sie, hinter der Gardine, die Silhouette des kleinen Mädchens erkennen. Sie betrachtet sie eine Weile, und das Mädchen grüßt erneut wie beim ersten Mal, wie jemand, der sagt: »Komm!«

Am Abend erzählt sie es Martín.

»Komische Leute, findest du nicht?«

»Was weiß ich«, erwidert er. »Wer ist schon nicht ein bisschen komisch?«

Martín übernimmt den Abwasch, während Natalia duscht. Als sie sich ins Bett legt, küsst Martín sie auf den Mund, zum ersten Mal, seit das Kind gestorben ist. Anschließend kuschelt er sich an sie. Mehrere Stunden später setzt das Weinen ein. Es ist dieselbe Stimme. Dann ein Wort, das sich anhört wie: »Genug.« Oder auch nicht. Und danach wieder das Weinen.

»Müssten wir nicht Anzeige erstatten?«, fragt Natalia.

»Und was sollen wir der Polizei sagen? Dass jemand in der Nacht weint?«

»Weint und ›genug‹ sagt.«

»Wirklich ›genug‹? Ich glaube nicht, dass das reicht, damit sie die Sache ernst nehmen.«

»Vielleicht tut jemand der Person weh?«

»Glaube ich nicht … Kinder weinen oft in der Nacht … Und haben Albträume.«

»Für mich hört sich das nicht nach einem Albtraum an.«

»Wonach denn dann? Die Person weint und sagt etwas, was sich anhört wie ›genug‹ … Warum soll das kein Albtraum sein?«

Natalia sagt nichts mehr dazu, aber am folgenden Tag geht sie zur nächstgelegenen Polizeiwache und erzählt, was sie in der Nacht gehört hat.

»Wenn jemand Lärm macht und stört, müssen Sie nicht hier Anzeige erstatten, sondern beim Ordnungsamt.«

»Ich möchte nicht wegen dem Lärm Anzeige erstatten. Aus irgendeinem Grund weint jemand in der Wohnung neben uns …«

Der Beamte sieht sie halb erstaunt und halb verächtlich an. »Sie möchten also Anzeige erstatten, weil jemand in Ihrer Nachbarschaft weint. Können Sie sich vorstellen, wie viele Leute in dieser Stadt nachts weinen?«

Natalia sieht ein, dass es keinen Sinn ergibt, weiter auf der Sache zu bestehen, Martín hat recht – dass nachts jemand weint und sagt »genug«, reicht nicht, um von der Polizei ernst genommen zu werden.

Bei ihrer Rückkehr trifft sie vor dem Hauseingang auf die Familie aus der Nachbarwohnung 3A. Die Jungen haben sich wieder bei der Frau untergehakt, so wie es früher Verlobte gemacht haben. Das kleine Mädchen sieht sie lächelnd an. Das ältere Mädchen schließt unterdessen die Tür auf. Überrascht stellt Natalia fest, dass sie den gleichen

Schlüsselanhänger haben wie sie, ein schweres altes Kreuz mit rosafarbenen und hellblauen Perlen. Sie beschließt, nicht mit ihnen reinzugehen, sondern das Immobilienbüro aufzusuchen, um ein paar Fragen zu stellen und, falls nötig, Erklärungen zu verlangen.

»Kommst du nicht mit rein?«, fragt die Kleine, die die Tür aufhält, nachdem die anderen hineingegangen sind.

»Nein, ich habe beim Einkaufen was vergessen, ich muss noch mal los«, antwortet Natalia und bleibt eine Weile gedankenverloren vor der Tür stehen, bis die Kleine ihr wie immer zuwinkt. Da erst reagiert Natalia, lächelt und geht davon, auf die nächste Kreuzung zu.

Noch bevor sie dort ankommt, wird ihr klar, dass sie gar nicht weiß, wo genau das Immobilienbüro ist. Sie ruft Martín an und fragt ihn nach der Adresse. Zur Begründung sagt sie, der Kühlschrank mache ein komisches Geräusch, und sie wolle, dass sich jemand die Sache ansehe. Martín meint, sie solle sich keine Sorgen machen, er werde selbst beim Immobilienbüro anrufen, aber Natalia lässt nicht locker: »Es tut mir gut, wenn ich ein Stück laufe und ein bisschen beschäftigt bin.«

Sie denkt nicht darüber nach, mit welcher Begründung sie bei dem Immobilienbüro Informationen über die Nachbarn aus der Wohnung 3A verlangen soll. Sie macht sich einfach auf den Weg dorthin. Entsprechend überrumpelt ist sie, als sie der offenbar einzigen Angestellten des Unternehmens gegenübersitzt und diese fragt: »Was kann ich für Sie tun?«

Erst nach einer ziemlichen Weile, die ihr selbst unverhältnismäßig lang vorkommt, ist sie imstande, etwas zu antworten: »Ich wohne in der Avenida Las Heras 2081, im dritten Stock, Wohnung B.«

»Ach so, dann sind Sie die Frau, die …«, sagt die Angestellte und bricht mitten im Satz ab.

»Ja, die bin ich …«, erwidert Natalia und merkt jetzt, an wen die Frau sie erinnert – an die Angestellte des Bestattungshauses, wo die Totenwache für das Kind, das gestorben ist, abgehalten wurde. Martín hatte ihr gesagt, dass die beiden Schwestern seien, aber das hatte sie schnell wieder vergessen.

»Entschuldigen Sie.«

»Schon gut … Ich nehme an, Sie haben nicht jeden Tag eine Kundin, deren Kind gestorben ist …«

»Da täuschen Sie sich mal nicht«, erwidert die Frau, und es bleibt unklar, ob sie vorhat, weitere Erklärungen folgen zu lassen, denn Natalia unterbricht sie und wechselt lieber das Thema, schließlich ist sie nicht hier, um über das Kind zu sprechen, das gestorben ist, und auch nicht über Kinder anderer Leute, die gestorben sind, nein, sie ist gekommen, um über ihre Nachbarn zu sprechen.

»Die Wohnung ist in Ordnung, aber ich würde gerne in eine mit Blick auf die Straße umziehen. Wann ziehen die Leute aus der Wohnung 3A denn aus?«

»Also, die ginge nicht, diese Wohnung ist nicht zu vermieten.«

»Ach so … Sind Sie sicher? Die Leute haben den gleichen Schlüsselanhänger wie wir«, sagt Natalia und zeigt der Frau den, den sie von dem Immobilienbüro bekommen haben. »Ist der nicht von Ihrer Firma?«

»Nein, wir haben keine eigenen Schlüsselanhänger. Ihr Anhänger gehört Ihren Nachbarn, sie sind die Eigentümer der Wohnung, die Sie gemietet haben.«

»Die Eltern der Kinder …«

»Das ist ein bisschen verwickelt ... Es handelt sich um einen Erbfall, wir verwalten die Wohnung, und wir haben auch die Vollmacht dafür, wegen des Mietvertrags brauchen Sie sich also keine Gedanken zu machen. Aber in die Wohnung gegenüber umziehen, das geht nicht.«

»Die Frau, die bei den Kindern wohnt, ist also nicht ihre Mutter?«

Ohne aufzublicken, rückt die Angestellte einen Papierstapel gerade. Erst nach einer Weile fragt sie: »Kann ich sonst noch etwas für Sie tun?«

»Eins der Kinder weint nachts ...«

»Viele Kinder weinen nachts ... Das ist ganz normal«, sagt die Frau höflich, ihr Tonfall verrät jedoch, dass sie keine weiteren Fragen über die Nachbarn beantworten wird.

Vielleicht weil sie keine Antwort auf ihre Fragen erhalten hat, denkt Natalia, während sie zu Fuß die fünf Querstraßen bis zu ihrem Haus zurückgeht, über das Kind nach, das gestorben ist. Plötzlicher Kindstod, haben die Ärzte gesagt, aber bei dem Gedanken, dass das Kind im Nebenzimmer schlief, wenige Meter von dem Bett entfernt, in dem sie und Martín lagen, und dass sie nicht aufwachten, dass sie nichts spürten, als das Kind so nah von ihnen starb, dass sie nichts unternahmen, es bei seinem Abschied in keiner Weise begleiteten, fühlt sie sich schuldig. Und auch Martín ist schuldig. Wie immer, wenn sie Sex hatten, hatte er davor die Tür des Kinderzimmers zugemacht. Als er anschließend aufstand, um ins Bad zu gehen, bat sie ihn, die Tür wieder aufzumachen. Aber er ging nicht darauf ein, und sie kam nicht auf den Gedanken, die Tür dann eben selbst zu öffnen. Wäre sie offen gewesen, wer weiß, vielleicht ... Aber die Ärzte sagten Nein, ein plötzlicher Kindstod lasse sich nicht erklären, und auch nicht verhindern. Und trotzdem, vielleicht, wenn die Tür offen gewesen wäre …

Wieder in der Wohnung, setzt sie sich sofort an den Computer. Ihr wird bewusst, dass sie nicht einmal weiß, wie die Kinder von nebenan heißen. Sie macht sich auf die Suche nach dem Mietvertrag und entdeckt ihn schließlich auf Martíns Nachttisch, zum Glück hat er ihn nicht ins Büro mitgenommen. Unterschrieben haben ihn Martín selbst sowie jemand vom Immobilienbüro. In wessen Auftrag, steht dort aber nicht. Sie betrachtet den Namen des Eigentümers des Immobilienbüros: Harris. Er kommt ihr bekannt vor. Bei Google stößt sie auf ein Bestattungsunternehmen gleichen Namens. Es ist das, wo die Totenwache für das Kind, das gestorben ist, abgehalten wurde. Sie sucht weiter. Es gibt noch mehrere Einträge zu dem Bestattungsunternehmen, dem Immobilienbüro oder zu beiden zusammen. Dann folgt ein Eintrag, der ihr interessant scheint, sie klickt ihn an. Vor ihr erscheint ein Polizeibericht aus einer Tageszeitung. »Zwei Hauptaktionäre der Unternehmensgruppe Harris tot aufgefunden«, lautet die Überschrift. Darunter steht: »Der Chef der Unternehmensgruppe Juan Harris und seine Ehefrau Valeria wurden vor ihrem Tod offensichtlich gefoltert.« Im Folgenden weitere Einzelheiten, Fotos der Wohnung, der verstümmelten Körper, die blutbefleckten Stühle, an die die Mörder ihre Opfer gefesselt hatten, wie auch der dabei benutzten Seile. Der Fall wurde niemals aufgeklärt, Fingerabdrücke gab es nur von den Familienmitgliedern selbst, Türen und Fenster waren unversehrt, gestohlen worden war nichts und die Wohnung war auch nicht verwüstet worden. An Armen, Beinen, Fußsohlen und sogar im Gesicht der beiden Getöteten fehlten Teile der Haut wie auch ganze

Fleischstücke. Die gerichtsmedizinische Untersuchung ergab, dass wahrscheinlich Rasierklingen zum Einsatz gekommen waren, gefunden wurden in der Wohnung jedoch keine. Höchstwahrscheinlich, so die Schlussfolgerung, handelte es sich um einen Racheakt.

In einem auf ungewöhnliche Kriminalfälle spezialisierten Blog stößt sie auf weitere Angaben zu der Folter, der die beiden Ermordeten unterzogen wurden. So wiesen die Eltern der Kinder von nebenan – falls es sich tatsächlich um ihre Eltern handelte – offenbar neben den frischen Wunden auch noch ältere Spuren von Verbrennungen sowie lang gestreckte Narben am Rücken auf, die möglicherweise von Schlägen mit einer Gerte oder Peitsche stammten. Der Verfasser des Textes mutmaßt, dass das Ehepaar bereits mehrfach ausgepeitscht worden war, bevor es bei der letzten Folterrunde schließlich ums Leben kam. Abschließend fügt er hinzu, dass es in dieser Familie schon in früheren Generationen zu seltsamen Todesfällen gekommen sei und die Leichen jedes Mal Folterspuren aufgewiesen hätten. Die Polizei, die diesem ungewöhnlichen Umstand eine Zeit lang nachgegangen sei, habe schließlich befunden, das Ehepaar Harris sei in seiner Jugend Mitglied einer esoterischen Sekte gewesen, die durch Selbstgeißelung Erlösung finden wollte. Der Autor des Blogs äußert den Verdacht, der einflussreichen Sekte sei es offensichtlich gelungen, weitere Ermittlungen in diese Richtung zu verhindern.

Natalia klickt noch mehrere andere Einträge an und stößt dabei auch auf ein Foto der ermordeten Eltern – Herr Harris sieht der Frau vom Immobilienbüro und ihrer Schwester von dem Bestattungsunternehmen sehr ähnlich. Oder kommt ihr das nur so vor? Ihr ist schwindlig und flau im

Magen. Wie sind die Kinder nur mit dieser schrecklichen Geschichte zurechtgekommen? Haben sie die Einzelheiten jemals erfahren? Oder hat man ihnen bloß gesagt, dass ihre Eltern gestorben sind, aber nicht wie? Und wer ist die Frau, die sich jetzt um sie kümmert?

Als Martín kommt, überfällt Natalia ihn gleich nach der Begrüßung mit dem Bericht darüber, was sie herausgefunden hat, und hört erst auf zu sprechen, als sie ihm die Sache in allen Einzelheiten dargelegt hat. Anschließend stellt sie ihm die Fragen, die sie sich selbst schon die ganze Zeit stellt.

»Die Frau, die auf die Kinder aufpasst, gefällt mir überhaupt nicht … Und wenn sie erst die Eltern gefoltert hat und jetzt das Gleiche mit den Kindern macht?«

»Wie kommst du denn darauf?«

»Sie ist total unfreundlich zu ihnen, sie scheint sie überhaupt nicht liebzuhaben. Bei dem Gedanken, was da drüben vor sich geht, bekomme ich richtig Kopfschmerzen. Ich will nicht noch mal einfach die Tür zulassen, wenn …« Sie bereut ihre Worte sofort, aber da ist es schon zu spät. Martín bemerkt die Anspielung, sie trifft ihn sehr.

»Natalia, wir müssen uns darauf konzentrieren, einen Ort zu finden, an dem wir dauerhaft leben können. Wir hatten gesagt, dass das hier bloß eine Durchgangsstation sein soll, höchstens für drei oder vier Wochen. Lass uns das jetzt endlich richtig angehen, dann können uns diese Kinder und ihr Geheul egal sein.«

»Aber wir können doch nicht einfach so tun, als wäre nichts …«

»Ich habe das Gefühl, *du* willst so tun, als wäre nichts, damit meine ich aber nicht, was in der Wohnung nebenan los ist, sondern ich meine uns, unsere Situation, unsere Beziehung, die Sache mit Germán ...«

Natalia sieht ihn hasserfüllt an. Dass er ihr Kind erwähnt hat, ist unverzeihlich. Erst recht in diesem Zusammenhang. Sie steht auf und geht ins Schlafzimmer. Martín folgt ihr nicht, er geht lieber raus, eine Runde drehen. Das sagt er ihr durch die geschlossene Tür und macht sich auf den Weg. Natalia legt sich aufs Bett und denkt nach. In ihrem Kopf vermischen sich die Bilder der gefolterten Körper und die der Kinder. Auf einmal hat sie eine Idee. Sie steht auf, geht ins Bad, wäscht sich das Gesicht, kämmt sich, verlässt die Wohnung und klingelt nebenan. Das ältere Mädchen macht die Tür auf.

»Entschuldigung, mein Telefon funktioniert nicht, ich muss aber einen dringenden Anruf machen. Kann ich kurz reinkommen?«, sagt Natalia.

»Einen Moment«, erwidert das Mädchen, »ich hole unser Telefon.«

Natalia ist sich sicher, dass sie verhindern will, dass sie die Wohnung betritt. Sie kann die zwei Jungen sehen, mit dem Rücken zu ihr sitzen sie zu beiden Seiten des großen Sessels, in dem sich bestimmt die Frau mit der schwarzen Sonnenbrille befindet. Vielleicht hat sie die Brille jetzt abgenommen. Ihnen gegenüber steht der Fernseher, er ist eingeschaltet.

»Wo habt ihr denn das Telefon hin?«, hört man die Stimme des Mädchens aus einem der Zimmer.

Keine Antwort. Durch den Flur kommt dafür plötzlich das kleine Mädchen angeschlichen.

»Hallo«, sagt es.

»Hallo«, erwidert Natalia.

Die Kleine gibt ihr einen Schlüssel. Daran hängt das gleiche Kreuz wie an Natalias Schlüssel.

»Was soll ich damit?«, fragt sie.

»Der ist für unsere Wohnungstür. Keine Sorge, wir haben mehrere davon. Falls du mal telefonieren musst, wenn wir nicht da sind. Oder falls sonst irgendwas ist«, sagt sie und legt verschwörerisch den Zeigefinger an die Lippen, als wollte sie Natalia um Verschwiegenheit bitten.

Natalia zögert, das Angebot anzunehmen. Offensichtlich ist dem Mädchen sehr daran gelegen, dass sie diesen Schlüssel besitzt. »Falls sonst irgendwas ist« – meint sie damit das Weinen, das nachts zu hören ist? Als sie den Schlüssel gerade in die Tasche steckt, erscheint die ältere Schwester mit dem Telefon und überreicht es ihr.

»Hier, jetzt können Sie telefonieren«, sagt sie.

Natalia wählt die Nummer ihrer früheren Wohnung. Sie weiß, dass niemand drangehen wird. Sie tut, als würde sie sich ärgern. »Diese Leute sind wirklich nie da, wenn man sie mal braucht.« Sie wählt die gleiche Nummer noch zwei Mal und gibt das Telefon zurück. »Trotzdem vielen Dank.«

Das Mädchen schließt die Tür. Bevor sie ganz zu ist, kann Natalia noch sehen, dass hinter ihr die kleine Schwester hervorspitzt und ihr zuwinkt.

Natalia kehrt in ihre Wohnung zurück, setzt sich wieder an den Computer und öffnet erneut die Seite des Blogs, dem sie bis jetzt die meisten Informationen entnommen hat. Sie gibt den Namen des Blogbetreibers bei Google ein. Wie sich herausstellt, ist er der Leiter der Redaktion für Polizeiberichte einer der wichtigsten argentinischen Tageszeitungen. Sie sucht die Telefonnummer der Zeitung heraus, ruft dort an und lässt sich mit dem Redakteur verbinden.

Es meldet sich ein Anrufbeantworter. Sie hinterlässt keine Nachricht. Nach mehreren weiteren Versuchen nimmt der Mann schließlich selbst ab. Natalia sagt, sie sei eine Freundin der Familie, sie lebe im Ausland, sei aber gerade auf Besuch hier und könne einfach nicht begreifen, was da passiert sei.

»Das hat niemand begreifen können, und es begreift auch bis heute niemand.«

»Aber Sie schon …«

»Nicht ganz.«

»Sagen Sie mir doch bitte wenigstens, zu welchem Ergebnis Sie gelangt sind.«

»Sie haben es ja selbst gelesen …«

»Aber da muss noch mehr sein, Sachen, die Sie vielleicht weggelassen haben, weil Sie sich nicht ganz sicher waren, was auch immer.«

»Wenn Sie eine Freundin der Familie sind, wissen Sie bestimmt, dass das keine gewöhnlichen Leute sind. Und dann dieses Muster, das sich immer wieder in dieser Familie wiederholt …«

»Was für ein Muster?«

»In jeder Generation kommt es nur zu einer einzigen Eheschließung. Und das betreffende Ehepaar stirbt zuletzt jedes Mal unter äußerst merkwürdigen Umständen, bei denen immer auch Folter mit im Spiel ist. Trotz allem sorgen sie stets für Nachwuchs, sodass die Sache in der nächsten Generation wieder von vorn anfangen kann …«

»Das verstehe ich nicht.«

»Die Kinder, die sie zurücklassen, werden irgendwann erwachsen, aber nur eins von ihnen heiratet, bekommt Kinder und stirbt dann auf geheimnisvolle Weise. Ich habe die

Sache über vier Generationen zurückverfolgt, es läuft immer nach demselben Schema ab. Angefangen hat das Drama allerdings schon vor der Ermordung des ersten Ehepaars, eins ihrer Kinder ertrank bei einer Familienfeier in einem Teich. Daraufhin kam es zu gegenseitigen Vorwürfen und Anschuldigungen. Aber wer ist letztlich verantwortlich, wenn eine solche Tragödie geschieht? Die Leute brauchen eben immer einen Sündenbock.«

»Wer ist verantwortlich, wenn eine solche Tragödie geschieht?« Die Worte treffen Natalia bis ins Mark. Sie versucht, sie sogleich wieder zu verdrängen, indem sie die nächste Frage stellt. Aber es gelingt ihr nicht, das eingetretene Schweigen zu überwinden.

Schließlich sagt der Journalist: »Die Vorstellung lässt mich einfach nicht los. Immer wieder muss ich an die Kinder dieser Familie denken. Eins von ihnen wird heiraten, und falls sich das Muster fortsetzt, wird es zuletzt wiederum zu Tode gefoltert werden …«

Natalia fragt sich, ob die Folter diesmal nicht schon früher begonnen hat, noch bevor die Harris-Kinder erwachsen sind – ob das nicht der Grund für das nächtliche Weinen ist?

»Und die anderen Familienmitglieder? Die Geschwister, die nicht heiraten?«

»Die kümmern sich um die Geschäfte der Familie, das Bestattungsunternehmen, das Immobilienbüro und so weiter. Entschuldigen Sie, aber ich werde erwartet, ich muss mit einem Fotografen zu einem Interview.«

Natalia bleibt nichts anderes übrig, als sich zu verabschieden. Sie sucht noch eine Weile im Netz nach Informationen, findet aber nichts mehr, was ihr weiterhilft.

Zum Abendessen ist Martín wieder da. Sie sagen sich nur das Allernotwendigste. Von ihrem Besuch in der Wohnung nebenan erzählt Natalia nichts. Auch nicht von dem Telefonat mit dem Journalisten. Sie gehen früh ins Bett. Gegen Mitternacht setzt das Weinen ein. Beide wachen auf, setzen sich aber nicht im Bett auf und sagen auch kein Wort. Rücken an Rücken daliegend, warten sie darauf, dass es wieder still wird. Und irgendwann hört das Weinen tatsächlich auf.

Am nächsten Morgen ist Natalia fest entschlossen: Sobald die Nachbarn ihre Wohnung verlassen, wird sie rübergehen, sich gründlich umsehen und dann irgendwo verstecken. Nur so kann sie herausfinden, was dort vor sich geht. Und die anderen überzeugen – die Polizei, Martín, wen auch immer. Sie wird ihr Handy mitnehmen und möglichst viele Aufnahmen machen. Um sich anschließend mit dem Beweismaterial fortzustehlen. Damit Martín sich keine Sorgen macht, erzählt sie ihm, dass sie zu Susana geht, einer Freundin aus Kindertagen, und dass sie bestimmt lange zusammensitzen und sich unterhalten werden und dass sie, falls sie zu viel Wein trinkt, bei ihr übernachten wird. Martín findet das keine schlechte Idee, auch ihm tut es gut, eine Weile allein zu sein und seine Ruhe zu haben.

Mit irgendwelchen Lektoratsarbeiten fängt sie an diesem Tag gar nicht erst an. Sie verbringt die Zeit damit, angespannt auf Geräusche aus der Wohnung nebenan zu lauschen. Gegen Mittag hört sie, dass sich im Treppenhaus etwas tut. Sie blickt durch den Türspion: Die Nachbarn warten auf den Aufzug. Als sie das Gebäude verlassen haben, nimmt sie den Schlüssel und betritt die Wohnung 3A. Sie geht durch alle Räume, wagt vorläufig aber nicht, Schränke oder Schubladen aufzumachen. Nichts von dem, was offen zutage liegt, zieht ihre Aufmerksamkeit auf sich – eine ganz normale Wohnung, mit einem Zimmer für die Jungen, einem für die Mädchen und einem Elternzimmer, das auf die Straße geht und jetzt offensichtlich von der Frau bewohnt wird, die auf die Kinder aufpasst. Passt sie wirklich auf sie auf? Wer ist diese Frau? Im Elternzimmer fällt ihr etwas auf, zwei Stühle, die genauso aussehen wie die auf den Fotos in dem Polizeiblog – wie die beiden Stühle, an die die Eltern gefesselt und auf denen sie zu Tode gefoltert worden waren. Es können aber nicht dieselben Stühle sein. Oder doch? Nein. Sie öffnet den Kleiderschrank und erblickt eine Art Kette, an der kleine Nägel befestigt sind. Eine echte Geißel hat sie noch nie gesehen, dass das hier tatsächlich eine ist, kann sie also nicht sagen. Dass sie blutverschmiert ist, aber schon. Wessen Blut ist das?, fragt sie sich. Von welchem Kind stammt es? Warum wagt bloß die Jüngste, sie um Hilfe zu bitten? Auf dem Schrankboden liegt ein Umschlag, Natalia bückt sich, hebt ihn auf und öffnet ihn – er enthält mehrere Fotos. Eine Frau, die neben einem Kind Totenwache hält. Natalia fährt zusammen. Dieselbe Frau, die hinter einem kleinen weißen Sarg weinend ein Bestattungsunternehmen verlässt. Noch mal dieselbe Frau, beim Begräbnis. Eine Frau, die nicht sie ist, aber sie sein könnte. Eine Frau, die sie an jemanden erinnert. Noch mal die Frau, die weinend in einem Sessel sitzt. In einem Sessel, der genauso aussieht wie der in der Wohnung, die sie, Natalia, gemietet hat. Natalia begreift nicht, oder kann noch nicht begreifen. Da hört sie, dass sich der Schlüssel im Schloss der Wohnungstür umdreht. Sie fährt zusammen. Schlagartig wird ihr klar, dass sie noch gar nicht überlegt hat, wo sie sich verstecken soll, und trotzdem muss sie genau das tun, und zwar sofort. Unters Bett kann sie sich nicht legen, es ist zu niedrig. Sie steigt in den Schrank, aber die Tür lässt sich von innen nicht schließen. Bleibt bloß die Gardine, hinter der hervor ihr neulich die Kleine zugewinkt hat. Nach Natalias Einschätzung müsste sie, wenn es draußen dunkel ist und im Zimmer das Licht brennt, von dort aus beobachten können, was vor sich geht, ohne selbst entdeckt zu werden. Sie stellt sich also dahinter. Die Zeit schleppt sich dahin. Natalia hört Stimmen aus dem Fernseher. Schritte im Flur. Sie denkt an Martín, der bestimmt völlig inakzeptabel findet, was sie hier gerade macht. Sie denkt an sich selbst, an die Frau auf den Fotos. Aus der Küche kommt Tellergeklapper. Wieder der Fernseher. Die Frau betritt das Zimmer, macht das Licht an, nimmt, ihr den Rücken zukehrend, die Brille ab und zieht sich andere Schuhe an. Kurz bevor sie das Licht wieder ausschaltet und hinausgeht, kann sie sie einen Moment im Profil betrachten. Ist das die Frau von den Fotos? Kann das sein? Was haben das Kind, das sie verloren hat, und die Kinder, auf die sie aufpasst, miteinander zu tun? Oder foltert sie die Kinder? Was haben sie sich zuschulden kommen lassen? Und sie selbst, Natalia, warum ist sie hier?

»Ins Zimmer!«, ruft das ältere Mädchen.

Natalia fängt an zu zittern. Das kleine Mädchen kommt rein und macht das Licht an. Ihr folgen die beiden Jungen, wie immer je einer zu den Seiten der Frau, die jetzt aber keine Brille trägt und Natalia das Gesicht zukehrt, sodass sie sie erkennen kann: Es ist die Frau von den Fotos. Deren Kind gestorben ist, so wie ihres. Sie zwingen sie, sich auf einen der beiden Stühle zu setzen, dann nimmt das ältere Mädchen ihr die Handschellen ab, mit denen sie an die beiden Jungen gefesselt ist. Abwesend, wie unter Drogen stehend, starrt sie vor sich hin. Das kleine Mädchen präsentiert ein Seil, das sie ihrer Schwester überreicht. Die bindet die Frau damit an den Stuhl. Die Kleine geht zum Kleiderschrank und holt die Geißel raus. Bei jedem Hieb presst Natalia so fest die Kiefer zusammen, dass es schmerzt. Die Frau scheint nicht einmal mehr imstande, sich zu beklagen. Ihr Schluchzen wird Martín dagegen hören können, falls er auch diese Nacht, allein im Bett liegend, darauf achtet. Genau dieses Weinen, diese Stimme, diese Klage haben sie in den Nächten davor gehört. Als das ältere Mädchen die Geißel beiseitelegt, reichen die Jungen ihr einen Verbandskasten. Sie entnimmt ihm eine Rasierklinge und macht sich daran, der Frau damit ins Gesicht zu schneiden. Trotz der Schmerzen scheint diese inzwischen tief zu schlafen. Natalia sagt sich, dass sie hier rausmuss, dass sie schreien muss, dass sie versuchen muss, der Frau zu helfen. Aber wie? Sie fühlt sich vollständig gelähmt. Und sie hat Angst, Angst wie noch nie. Weder vor noch nach dem Tod ihres Kindes hat sie jemals solche Angst verspürt. Vorher nicht, weil ihr nie etwas Derartiges passiert war, und nachher nicht, weil ihr nichts Schlimmeres mehr passieren konnte. Das ältere Mädchen gibt die Klinge jetzt an die Kleine weiter und fordert sie auf, der Frau ebenfalls Schnitte zuzufügen, sie weist sie dabei an, als handelte es sich um eine Initiation. Wie ein kleines Kind, das voll unschuldiger Begeisterung seine ersten Zeichnungen anfertigt, macht sich das jüngere Mädchen ans Werk. Irgendwann sieht sie lächelnd die Ältere an. Jetzt arbeiten sie abwechselnd, fügen der Frau weitere Schnitte zu, nicht besonders lang und nicht besonders tief, bis das Opfer zur Seite sackt, ohnmächtig oder tot, Natalia ist sich nicht sicher, sie spürt jedoch, dass sie womöglich selbst gleich ohnmächtig wird. Die Jungen richten die Frau auf und ziehen das Seil noch fester, damit sie nicht vom Stuhl fällt. Dann machen sie Fotos von ihr. Hilflos und beschämt zugleich sieht Natalia zu und hofft, dass die Sache bald beendet ist und die Kinder ins Bett gehen, damit sie ihr Versteck verlassen und aus der Wohnung fliehen kann, zu Martín, um endlich die Polizei zu benachrichtigen. Diese Kinder – soll sie sie wirklich so nennen? Sind das Kinder? Und wenn nicht, was sind sie dann?

Als das Ritual tatsächlich beendet scheint, als sich dem an den Stuhl gefesselten Körper offensichtlich keine weiteren Schmerzen mehr zufügen lassen, nähert das kleine Mädchen sich dem Fenster, langsam, aber entschlossen, als wüsste sie Bescheid – als hätte sie die ganze Zeit Bescheid gewusst. Sie zieht die Gardine, die Natalia verdeckt, zur Seite, macht, in der einen Hand immer noch die blutige Rasierklinge, mit der anderen das Zeichen, das Natalia sie schon so oft hat machen sehen, und sagt: »Komm!«

Der Tod und das Kanu

Nur wenige Wochen zuvor hatte die spanische Buchhandelskette *Papiros* eine Filiale in Buenos Aires eröffnet, an der Plaza Dorrego im Stadtteil San Telmo. Die Gegend war bei Touristen beliebt und die Betreiber hofften, davon profitieren zu können. Und was wäre als Startschuss geeigneter gewesen als eine Lesung des Starautors Martín Jenner mit anschließender Signierstunde?

Jenner war mehr als rechtzeitig aufgebrochen, nicht nur weil Pünktlichkeit eins seiner Markenzeichen war. Er hatte nämlich beschlossen, den Weg von seinem Appartement im schicken Stadtteil Puerto Madero bis zur Buchhandlung zu Fuß zurückzulegen, wofür er locker eine halbe Stunde brauchen würde. Die elegante Behausung hatte der Verlag nach seiner Scheidung eigens für ihn angemietet, das war Teil seines letzten, höchst vorteilhaften Vertrags gewesen. Noch nie hatte sich ein argentinischer Autor in einer auch nur annähernd vergleichbar starken Verhandlungsposition befunden, aber kein anderer Autor verkaufte ja auch regelmäßig mehr als eine halbe Million Exemplare, ganz egal, was für eine Art Buch er veröffentlichte – Hauptsache, sein Name stand auf dem Umschlag.

Erstaunt nahm er wahr, wie heruntergekommen die Stadt sich in dieser Gegend präsentierte. Viele Gehwegplatten

167

waren zerbrochen, vor allem aber lungerten überall Gruppen von Bier trinkenden Jugendlichen herum und hörten in voller Lautstärke Musik »zweifelhafter Herkunft« – so hatte sich einmal ein Kollege von ihm ausgedrückt, der sämtliche nach dem Ende des 19. Jahrhunderts entstandenen künstlerischen Ausdrucksformen verachtete. Außerdem musste Jenner zu seiner Empörung feststellen, dass ihn hier, anders als er es aus anderen Stadtteilen von Buenos Aires gewohnt war, niemand kannte. Die Leute sahen ihn nicht einmal an. »Die lesen offensichtlich nicht«, sagte er sich, als er an der großen Mafalda-Statue vorbeikam und eine Frau ihn bat, sie neben der berühmten Comicfigur abzulichten. »Tut mir leid, keine Zeit«, erwiderte Jenner bloß und ging eilig weiter.

Als er endlich bei der Buchhandlung ankam, war ihm von dem langen Fußmarsch trotz allem nichts anzumerken. Zwischen den vielen Menschen, die nur seinetwegen gekommen waren, würde er sich wohlfühlen. Im Spiegel der gläsernen Eingangstür zupfte er sich die Haare und Jackenaufschläge zurecht. Zu seiner Beruhigung war der Raum bereits randvoll. Umso leichter steckte er die unerfreuliche Tatsache weg, unterwegs von niemandem erkannt worden zu sein. Die neue *Papiros*-Filiale war ziemlich groß, aber mit einem derartigen Besucheransturm hatten die Veranstalter nicht gerechnet, weshalb an allen möglichen und unmöglichen Stellen zusätzliche Stühle aufgestellt werden mussten. Der Leiter der Buchhandlung, Jenners Lektorin – der neben der Bearbeitung seiner Texte die Aufgabe zufiel, ihm jeden Wunsch von den Augen abzulesen – sowie der Geschäftsführer des Verlags, der nur zu den Veranstaltungen mit den wirklich wichtigen Autoren erschien, kamen ihm zur Begrüßung entgegen. Die Moderation des Podiumsgesprächs wiederum oblag der Chefredakteurin einer der meistgelesenen argentinischen Kulturzeitschriften. Die wenig selbstsichere Frau versuchte, sich durch die Herstellung ausgefallener Bezüge zwischen verschiedenen Texten Jenners interessant zu machen. Doch schon beim dritten Anlauf – er gipfelte in der Formulierung: »Zwischen all diesen Texten besteht offensichtlich eine geheime Verbindung, finden Sie nicht? In sprachlicher Hinsicht, meine ich …« –, erwiderte der Schriftsteller trocken: »Nein, das finde ich nicht.« Um anschließend ausschließlich darüber zu sprechen, was ihm gerade durch den Kopf ging. Das Mikrofon gab er erst wieder aus der Hand, als das, was als Podiumsgespräch begonnen hatte, als Vortrag seinerseits geendet hatte.

Nach genau einer Stunde verabschiedete Jenner sich, Publikumsfragen wurden nicht zugelassen. Er dankte allen Anwesenden, nahm einen großen Applaus entgegen und verkündete, dass er nun noch eine Weile Bücher signieren werde. Erst jetzt gab er der Journalistin das Mikrofon zurück und überließ ihr damit die Aufgabe, es wieder im Ständer zu befestigen. Das gewohnte Lächeln im Gesicht, griff Jenner mit seinen perfekt manikürten Fingern zu seinem blauen Lamy-Füller, der besser zu einem Architekten gepasst hätte, und signierte über eine Stunde lang Exemplare seines neuen Buchs *Der Tod und das Kanu*. Anders als bei den meisten Autoren standen nicht nur Frauen mittleren Alters an, um sich von ihm eine Widmung in ihr Exemplar schreiben zu lassen. Die Schar seiner Fans umfasste vielmehr männliche wie weibliche Wesen zwischen zwanzig und siebzig. Was sie miteinander verband, war, dass sie offenkundig alle in den Autor Martín Jenner verliebt waren.

Jenner war sich seit Langem darüber im Klaren, welchen

Einfluss er auf seine Leser ausübte, und er beförderte das mit verschiedenen Mitteln. So auch an diesem frühen Abend in der Buchhandlung in San Telmo. Er nahm sich Zeit für jeden, wandte sich seinem Gegenüber aufmerksam zu und würdigte mit falscher Bescheidenheit noch die peinlichste Schmeichelei. Er war nicht nur der meistgelesene Autor Argentiniens, sondern auch der meistübersetzte. Und beides, da war er sich sicher, hatte er vor allem seiner Leserschaft zu verdanken und längst nicht so sehr den Kritikern oder Schriftstellerkollegen. Diese drückten sich stets darum, seine Bücher zu loben, die sie im besten Fall »ganz anständig« fanden, auch wenn keiner so weit ging, schlecht über sie zu reden. Nie gelangten seine Werke auch nur in die Endrunde irgendwelcher nationalen oder städtischen Literaturpreise, und ebenso wenig wurden sie auf Buchmessen, Festivals oder in den regelmäßig im Dezember von den Kulturteilen der großen Zeitungen erstellten Listen unter die »Bücher des Jahres« gewählt. Zu sich selbst und zu den wenigen, die den Mut hatten, ihn danach zu fragen, sagte Jenner, dass ihm das egal sei, sein größtes Kapital bestehe in all den Leuten, die bei ihm anstanden, um sich von ihm ihre Bücher signieren zu lassen. Aus diesem Grund begnügte er sich nicht damit, einfach nur seine Unterschrift in den ihm vorgelegten Exemplaren zu hinterlassen. Vielmehr fragte er seine Fans nach ihrem vollständigen Namen und ließ sich diesen, falls nötig, buchstabieren. Er unterhielt sich ein Weilchen mit ihm oder ihr und ließ sich abschließend fotografieren, ja, manchmal, so unangenehm ihm dies eigentlich war, erklärte er sich sogar zu einem Selfie bereit. Eben diese gegenseitige Hingabe war der Grund dafür, dass seine Leserschaft ihm so sehr die Treue hielt, davon war er überzeugt. Die Treue galt allerdings weniger seinen Werken als ihm selbst, schließlich vermittelte er den Leuten glaubhaft den Eindruck, er kenne sie, gehöre gewissermaßen zur Familie und sei ihnen auf besondere Weise verbunden. Und obwohl diese Nähe ihm nicht übermäßig behagte, ja, ihm eigentlich zuwider war, ließ er sie zu, hatte sie in seinen Augen doch zweifellos unmittelbaren Einfluss auf die Höhe der Verkaufszahlen seiner Bücher. Schon bei seinen ersten Gehversuchen auf dem literarischen Feld war Jenner klar gewesen, dass ein Schriftsteller, der einfach nur schreibt, nirgendwohin gelangt. Er dagegen war weit gekommen, sehr weit.

Kaum war das letzte Foto fertig, steckte er den Füller ein, stieg von dem Behelfspodest, ging zum Kleiderständer und zog seinen Mantel an, um in den neblig trüben Maiabend hinauszugehen. Durchs Schaufenster sah er eine Gruppe junger Leute vorbeiziehen, die auf dem feuchten Straßenpflaster eine Bierflasche vor sich herkickten und sich dabei laut schreiend unterhielten. Es war, als würden sie streiten, aber der Eindruck täuschte. »Wer hier aufwächst, wird bestimmt schon ganz früh taub von so viel Lärm und Geschrei«, sagte sich Jenner missmutig, während er zusah, wie die Jugendlichen, die unbekümmert mitten auf der Straße gingen, den entgegenkommenden Autos auswichen. Ob sie wohl in dem besetzten Haus an der Ecke wohnten, das längst hätte geräumt werden müssen, wozu sich bislang jedoch keine der Stadtverwaltungen hatte aufraffen können? Aber was ging ihn das alles eigentlich an? Sollten diese Leute doch bleiben, wo sie wollten.

Seine Lektorin, der Geschäftsführer des Verlags und der Leiter der Buchhandlung warteten schon auf ihn, um gemeinsam essen zu gehen. Sie hätten, falls nötig, ohne zu murren noch mehrere Stunden gewartet, war Jenner doch ihr großer Bestsellerautor, der erfolgreichste Schriftsteller, den der Verlag jemals im Programm gehabt hatte. Mit den Überschüssen aus dem Verkauf seiner Werke ließen sich die Verluste durch die Veröffentlichung besserer Literatur mehr als ausgleichen. Da öffnete sich auf einmal schwungvoll die Tür der Buchhandlung, und herein kam ein Mann um die dreißig – sein Hipster-Bart machte es schwer, sein genaues Alter zu bestimmen. Er war schlank und wirkte ein wenig verwahrlost. Er ging auf die Gruppe zu und holte dabei ein Exemplar von *Der Tod und das Kanu* aus seinem Rucksack. Der Leiter der Buchhandlung vertrat ihm den Weg: »Tut mir leid, die Signierstunde ist schon vorbei, wenn Sie möchten, können Sie Ihr Buch aber hierlassen und in ein paar Tagen wieder abholen, mit Widmung natürlich.« Der Mann blieb stehen und sah Jenner stumm an.

Um die unbehagliche Situation so schnell wie möglich zu beenden, verkündete Jenner mit leicht gequälter Stimme: »Ach, lassen Sie … Das mache ich doch gern, geben Sie her«, und zückte den Füller. Der Mann hielt ihm sein Buch hin. Wie gewohnt, schlug Jenner es auf, um seine Unterschrift auf das Deckblatt zu setzen. Zu seiner Verwunderung fand er dort jedoch einen offensichtlich aus einem Notizbuch gerissenen Zettel vor. Er sah den Mann fragend an, der aber sagte: »Lesen Sie!« Jenner las den Text, jedoch stumm: »Dieses Buch habe *ich* geschrieben, Herr Jenner, das wissen Sie genau, Sie Schuft, Sie elender Betrüger!« Martín Jenner erbleichte, seine Beine fingen an zu zittern. Er wollte schon antworten, etwas erwidern, ja, den Mann von den Wachleuten am Eingang rauswerfen lassen. Aber kaum hatte er seine Beine wieder unter Kontrolle, sagte er sich, dass es besser war, so zu tun, als hätte er die Botschaft nicht gelesen. Ohne den Mann mit dem Hipster-Bart noch einmal anzusehen, signierte er das Buch, indem er den Zettel einfach anhob, und gab es zurück. Der Mann wiederum steckte, ohne den Blick von Jenner abzuwenden, das Buch in seinen Rucksack und ging grußlos davon.

»Komischer Typ, was? In dieser Stadt gibt es wirklich die merkwürdigsten Leute …«, sagte die Lektorin, der offenbar nur aufgefallen war, wie anmaßend der Mann mit dem Rucksack sich benommen hatte.

»Allerdings, da haben Sie recht«, sagte Jenner, ohne weitere Erklärungen abzugeben. Das mit dem Zettel und den beleidigenden Ausdrücken darauf verschwieg er lieber. Wenigstens vorläufig.

Sie führten ihn in ein angesagtes Lokal ganz in der Nähe, ein baskisches Restaurant, das zu den zehn besten der Stadt zählte. Unterwegs wäre Jenner mit seinen neuen Schuhen im Schummerlicht auf dem feuchten Pflaster mehrmals fast ausgerutscht. Vielleicht lag es aber auch an der Unruhe, die ihm vom eben Erlebten geblieben war, denn als er auf dem Hinweg in denselben Schuhen dieselbe feuchte Straße entlanggegangen war, war ihm, soweit er sich erinnerte, nichts dergleichen passiert. Jetzt war es allerdings dunkler, und es lag noch mehr Müll auf der Straße, dem man ausweichen musste. Nachts versinken die Straßen von San Telmo im Müll, sagte Jenner sich.

Beim Betreten des Restaurants überprüfte die Frau am Empfang ihre Reservierung. Der Geschäftsführer des Verlags erklärte, es sei nicht einfach gewesen, einen Tisch zu bekommen, aber da sie wüssten, dass dies sein Lieblingslokal sei, hätten sie Himmel und Erde in Bewegung gesetzt. Das

Abendessen verlief ohne besondere Vorkommnisse, doch es sollte sich als die sprichwörtliche Ruhe vor dem Sturm erweisen, denn auf dem Rückweg stießen sie kurz vor der Plaza Dorrego, wo der Geschäftsführer sein Auto abgestellt hatte, erneut auf den Mann mit dem Hipster-Bart. Martín Jenner erkannte ihn sofort und ging eilig an ihm vorbei. Auf eine Geste von ihm bestiegen alle hastig das Auto des Geschäftsführers, ohne die Lektorin als einzige Frau der Gruppe als Erste einsteigen zu lassen. Der Mann mit dem Hipster-Bart trat an den Wagen, hob einen Scheibenwischer an und klemmte einen Zettel darunter, der so ähnlich aussah wie der in dem Buch, das er zum Signieren mitgebracht hatte. Jenner ahnte, was daraufstand. Der Mann blieb noch eine Weile stehen, sah dem Schriftsteller direkt in die Augen und hielt ihm die rechte Faust mit ausgestrecktem Mittelfinger entgegen. »Fuck you«, sagte er schließlich und ging fort. Keiner der Wageninsassen rührte sich oder gab auch nur ein Wort von sich, bis der Mann den Platz überquert hatte und in der Calle Carlos Calvo verschwunden war. Erst dann stieg der Geschäftsführer aus und zog den Zettel unter dem Scheibenwischer hervor. Jenner hätte ihn gerne davon abgehalten, aber ihm war klar, dass der Versuch, den Zettel zu verbergen, die Situation nur verschlimmert hätte. Der Geschäftsführer stieg wieder ein und las vor: »Ich habe *Der Tod und das Kanu* geschrieben, Sie sind ein Betrüger, Herr Jenner, ein elender Schuft!«

»Na so was!«, rief die Lektorin.

»Unglaublich!«, sekundierte der Buchhändler. Dann machte sich unbehagliches Schweigen im Wagen breit.

Bis der Geschäftsführer fragte: »Was ist das für ein Spinner? Kennt jemand von Ihnen den irgendwoher?« Auf der

Suche nach den passenden Worten fuchtelte Jenner mit den Händen und sagte schließlich, keine Ahnung, er habe den Mann in der Buchhandlung zum ersten Mal gesehen. Dann verriet er auch, was dort eigentlich vorgefallen war.

»Warum haben Sie das nicht gleich gesagt?«, versetzte die Lektorin vorwurfsvoll und fügte hinzu: »Der Mann ist offensichtlich nicht ganz bei Verstand. So was erlebe ich nicht zum ersten Mal, in dieser Stadt laufen jede Menge Leute rum, die sich für große Schriftsteller halten und von der Vorstellung besessen sind, ein berühmter Autor habe ihnen ihr Meisterwerk geklaut.«

»Hier gibts sowieso mehr Leute, die schreiben, als Leute, die lesen …«, seufzte der Geschäftsführer.

»Normalerweise werden solche Behauptungen aber in der Klatschpresse veröffentlicht, oder der oder die Betreffende zeigt dich an, und das wars«, fuhr die Lektorin fort.

»Ja, und dann kümmern sich unsere Anwälte darum, und die Sache hat sich. Das hier ist aber was anderes, das war ja geradezu eine Bedrohung. Sollten wir nicht lieber die Polizei einschalten?«, ergänzte der Geschäftsführer.

»Ich würde sagen, ja«, erklärte der Buchhändler, »ganz in der Nähe ist eine Polizeiwache, wir können gleich hingehen.«

»Besser, wir warten ein bisschen«, erwiderte der immer noch schreckensbleiche Jenner beschwichtigend. »So was habe ich wirklich noch nie erlebt. Es kommt durchaus vor, dass jemand stundenlang vor meinem Haus wartet, um mir ein selbst verfasstes Manuskript zu überreichen, ein Autogramm zu ergattern oder mir eine rote Rose zu schenken, seltsame Leute gibts tatsächlich eine Menge, Leute, die total besessen sind von mir. Aber normalerweise geht das irgendwann vorbei. Bei dem Typen wird das nicht anders sein«, sagte er abschließend.

»Soll ich hinterherlaufen und ihm einen kleinen Schreck einjagen, damit er künftig Ruhe gibt?«, fragte der Geschäftsführer.

»Nein, lassen Sie, das lohnt sich nicht. Außerdem sitzt der bestimmt längst in irgendeinem Bus oder in der U-Bahn«, antwortete Jenner. »Am besten, man beachtet solche Leute nicht, die wollen ja doch nur auf Kosten anderer berühmt werden. Wenn sie ihren kleinen Ruhm genossen haben, beruhigen sie sich auch wieder.«

Sie fuhren los, aber obwohl sich alle einig waren, dass die Angelegenheit damit erledigt sei, sprachen sie unterwegs weiter über den Mann mit dem Hipster-Bart. Als Ersten setzte der Geschäftsführer den Buchhändler vor seinem nur wenige Querstraßen entfernten Haus in der Calle Defensa ab. In dieser Gegend ist das Viertel San Telmo längst nicht mehr so reizvoll, tagsüber drängen sich hier die Leute, nachts, wenn die Hektik und das Hin und Her zum Erliegen gekommen sind, wagen sich dagegen viele nicht mehr auf die Straße. Von dort ging es weiter zu Jenners vom Verlag bezahltem Luxusappartement in Puerto Madero.

»Wirklich alles okay?«, fragte die Lektorin.

»Ja, natürlich«, sagte Jenner, »wäre ja noch schöner, wenn ich mich von einem dahergelaufenen Spinner aus der Ruhe bringen lasse, der sich einbildet, *er* hätte geschrieben, was nun mal *ich* geschrieben habe. Keine Sorge, über diese Geschichte werden wir uns künftig bei jedem Verlagsempfang amüsieren …« Jenner gab dem Geschäftsführer zum Abschied die Hand, küsste die Lektorin auf die Wange und stieg aus. Bevor er fortging, trat er noch mal ans Fenster und verkündete: »Dafür müssen Sie beim nächsten Vertrag aber noch ein paar Dollar drauflegen – für Sie arbeiten ist ja wirklich lebensgefährlich, Amigos …« Alle lachten, obwohl sie sich bei Jenner nicht ganz sicher konnten, dass das tatsächlich bloß ein Witz sein sollte.

Der Geschäftsführer wartete mit laufendem Motor darauf, dass sein Bestsellerautor das Haus betrat. Während Jenner noch auf der Suche nach dem Schlüssel in der Tasche kramte, öffnete der Mann von der Sicherheitsfirma ihm schon die Tür. Jenner streckte als Abschiedsgruß kurz den Arm in Richtung Auto und ging hinein. Der Geschäftsführer hupte und fuhr los. Bevor Jenner im Aufzug verschwand, überreichte der Wachmann ihm einen Stapel Briefe, den er, wie er mitteilte, an diesem Nachmittag eigenhändig aus dem überquellenden Briefkasten geholt hatte. »Oh Gott, was mein Briefkastenmanagement angeht, bin ich eine echte Katastrophe«, sagte Jenner, bemüht scherzend, nahm dem Mann die Post ab und stieg in den Aufzug.

In der Wohnung angekommen, warf er den Stapel auf den Couchtisch, zog sich die Schuhe aus und schenkte sich einen Whisky ein. Er gab zwei Eiswürfel dazu, klimperte eine Weile damit und ließ sich in einem Sessel nieder. Oder ließ sich vielmehr wie ein Stein in den Sessel fallen. Einer der Umschläge auf dem Couchtisch zog seine Aufmerksamkeit auf sich. Darauf stand seine Adresse, und darunter, in Klammern und Druckbuchstaben: BETRÜGER UND ELENDER SCHUFT. Zitternd öffnete er den Umschlag. Wie erwartet, befand sich darin ein Brief, in dem der Mann mit dem Hipster-Bart – der jetzt endlich seinen Namen nannte: Antonio Borda – ihn daran erinnerte, dass er ihm im Jahr davor drei Exemplare seines Manuskripts *Der Tod und das Kanu* geschickt hatte, eins im März, eins im August und das dritte im Oktober. »Ich schrieb Ihnen außerdem in der letzten Sendung, dass das meine drei einzigen Exemplare waren, und ich verzichtete darauf, sie per Einschreiben zu schicken, weil ich Ihnen vertraute. Ich habe den Text niemandem sonst zu lesen gegeben, ich habe mich nur auf Sie verlassen. Auf der Buchmesse hatten Sie zu mir gesagt, Sie würden gerne lesen, was ich schreibe. Erinnern Sie sich nicht mehr? Oder sagen Sie das zu allen?« Natürlich sage ich das zu allen, sagte sich Jenner und las weiter. Borda schrieb, er danke ihm dafür, dass er sein Manuskript gelesen habe, und breitete sich anschließend in drei langen Absätzen über die Vorzüge seines eigenen Textes aus, »die Sie, wie ich feststelle, auch zu schätzen gewusst haben.« Der letzte Absatz endete in Jenners Augen mit einer Provokation: »Ich werde nicht noch einmal Kontakt zu Ihnen aufnehmen, aber wenn Sie nicht innerhalb der nächsten zweiundsiebzig Stunden öffentlich zugeben, dass ich der Autor von *Der Tod und das Kanu* bin, werde ich mich umbringen, und Sie werden den Rest Ihres Lebens an der Schuld zu tragen haben.«

Jenner hatte das Gefühl, gleich ohnmächtig zu werden. Dieser Verrückte schaffte es tatsächlich, ihn aus der Fassung zu bringen. Und das war etwas, was er noch nie hatte ertragen können. Er musste mit jemandem darüber sprechen. Er wählte die Nummer der Lektorin, legte jedoch gleich wieder auf. Besser, er sprach am nächsten Tag mit ihr, warum sollte er ihr jetzt den Schlaf rauben? Vielleicht sollte er aber gleich seinen Anwalt anrufen, überlegte er dann. Dass der Mann sich tatsächlich das Leben nehmen würde, fürchtete er jedoch nicht, soweit er wusste, bringen die echten Selbstmörder sich um, ohne vorher Bescheid zu geben. Borda dagegen hatte geschrieben, »innerhalb der nächsten zweiundsiebzig Stunden« – kein Mensch plant seinen Selbstmord drei Tage im Voraus, da war sich Jenner sicher. Der Hipster hatte es auf Geld abgesehen, folgerte er. Dem Kerl musste klar sein, dass bei ihm, dem erfolgreichsten Autor Argentiniens, einiges zu holen war. Genug gegrübelt, sagte er sich. Und nahm nach dem dritten Whisky eine Schlaftablette. Er las die Stelle in dem Brief noch einmal: »Ich schrieb Ihnen außerdem in der letzten Sendung, dass das meine drei einzigen Exemplare waren.« Kein Grund also, sich übermäßige Sorgen zu machen. Trotzdem hätte er ohne chemisches Hilfsmittel in dieser Nacht wohl kaum die so nötige Ruhe gefunden.

Drei Tage später wurde Antonio Borda gegenüber der Buchhandlung *Papiros* erhängt aufgefunden. Die Besitzer der Läden an der Plaza Dorrego standen um die Leiche herum, die erst abgenommen werden durfte, als die richterliche Verfügung vorlag. Borda hatte den Strick am Ladenschild eines Antiquitätengeschäfts befestigt. In seiner Tasche befand sich ein Brief. »An die zuständige Person im Verlag« hieß es auf dem Umschlag. In dem Brief stand ungefähr dasselbe wie in dem Brief, den er Jenner geschickt hatte. Sämtliche Medien berichteten über den Skandal. Mehrere Wochen war von dem »todessüchtigen Hipster« die Rede, dessen größter Traum es gewesen sei, ein berühmter Schriftsteller zu werden. Bis ein interessanteres Thema auftauchte und die Geschichte von den Titelseiten der Zeitungen verdrängte. Jenner sagte bei der Polizei und vor einem Untersuchungsrichter aus. Eines der meistgesehenen Nachrichtenprogramme brachte zur besten Sendezeit einen ausführlichen Bericht über den Vorfall, mit Jenner als Studiogast. Dass man hier einen Schriftsteller zu Wort kommen ließ, egal, um welches Thema es ging, kam äußerst selten vor.

»Ich habe nicht richtig eingeschätzt, wie schlecht es dem jungen Mann ging, ich fühle mich schuldig, er hätte Hilfe gebraucht, und das habe ich nicht erkannt. Manchmal passiert es, dass jemand eine Idee hat, die dann zufällig ein anderer Schriftsteller weiterentwickelt, und der Erste hat daraufhin das Gefühl, man hätte ihn betrogen. Bestimmte Themen liegen einfach in der Luft, nehmen aber in verschiedenen Köpfen unterschiedliche literarische Gestalt an. Er war in seinem Wahn wohl überzeugt, er habe mir sein Manuskript geschickt, und ich hätte daraufhin etwas veröffentlicht, was eigentlich von ihm stammte. Schade, dass niemand gemerkt hat, wie schlimm es um ihn stand. Ich glaube nicht an Gott, aber wenn ich es täte, würde ich darum bitten, dass man für ihn betet«, verkündete Jenner. Darauf folgte eine Art Schweigeminute, die allerdings nicht die vorgeschriebenen sechzig Sekunden dauerte. Abschließend wurde in der Sendung noch die Einschätzung eines bekannten auf das Thema Selbstmord spezialisierten Psychiaters wiedergegeben. Der Hipster war wiederholt wegen psychischer Störungen aufgefallen, zweimal war er auch in eine Klinik eingewiesen worden. Die einzige Verwandte, die erschien, um die Leiche zu identifizieren, war eine Tante, die ihn schon seit Jahren nicht gesehen hatte.

Einige Wochen später wurde die einundzwanzigste Auflage von *Der Tod und das Kanu* in Druck gegeben. »Das klingt jetzt ein bisschen zynisch, aber letztlich hat der Hipster uns einen Gefallen erwiesen«, sagte die Lektorin zu Jenner, als sie ihn am Telefon über die neue Auflage informierte.

»Lustig finde ich das zwar nicht, was Sie sagen, aber über den Erfolg freue ich mich trotzdem«, erwiderte Jenner. Dann besprachen sie die Einzelheiten seiner möglichen Teilnahme am Literaturfestival im brasilianischen Paraty.

»Das ist wirklich was ganz Besonderes«, schwärmte die Lektorin, als ob Jenner das nicht klar gewesen wäre, der schon seit Jahren jedes Mal schwer enttäuscht war, wenn die Liste der eingeladenen Autoren bekanntgegeben wurde und er nicht darauf stand.

»Also, ich denke, ich sage zu, aber lassen Sie mich noch ein bisschen überlegen, bevor wir den Leuten aus Paraty endgültig Bescheid geben«, sagte er und beendete das Gespräch.

Er trat ans Fenster. Der Fluss war noch grauer als sonst. In der Ferne war ein Schiff zu sehen. So klein, wie es von Weitem wirkte, hätte es auch ein Kanu sein können. Jenner hatte Lust auf einen Whisky, aber wenn er so früh am Morgen trank, würde er den ganzen Tag nichts Vernünftiges zustande bringen, deshalb verwarf er die Idee. Besser er setzte sich sofort an die Arbeit, an seinen Laptop, hier am Fenster mit der unvergleichlichen Aussicht. Doch davor trat er noch einmal an seinen Schreibtisch, um endlich zu erledigen, wozu er bis dahin nicht imstande gewesen war. Aus Aberglaube? Oder aus Respekt vor dem Toten? Oder weil er das Gefühl hatte auskosten wollen, sich in einer höchst riskanten Lage zu befinden, in der er alles hätte verlieren können? Warum auch immer, jetzt war es so weit. Er zog die drei Exemplare von Bordas Manuskript, die er im März, August und Oktober des vergangenen Jahres mit der Post erhalten hatte, aus der untersten Schreibtischschublade und verbrannte sie im Spülbecken seiner Küche. Als nur noch ein Haufen Asche übrig war, gab er diese sorgfältig in eine

große Vase. Für alle Fälle bedeckte er sie mit einem Unter-
teller und stellte sie ins Wohnzimmerregal. Da würde sie
bleiben, bis er Zeit hatte, ans Ufer des Flusses zu gehen, den
er täglich durchs Fenster sah. Dort, schwor er sich, würde
er die Asche ausstreuen. Mit etwas Glück käme in dem Moment ein Kanu vorbei, und die Asche würde eine Weile vor
ihm in der Luft schweben, wie wenn man die verbrannten
Überreste eines Menschen an dessen Lieblingsort verstreut.

Dank an

Miriam Molero, Julia Saltzmann und Ricardo Baduell.
Débora Mundani und Karina Wroblewski.
Julieta Obedman und Juan Boido.
Guillermo Schavelzon und Barbara Graham.
Ramiro, Tomás, Lucía und Ricardo.

Falsche Ursula

Ursula ist unzufrieden. Zu hässlich, zu hungrig, zu allein – ihr Leben läuft überhaupt nicht so, wie sie es gern hätte. Die Schwester ist schöner, die Nachbarin glücklicher, und wer hält schon eine ewige Gemüsesuppen-Diät durch?

Da kommt ihr der mysteriöse Erpresseranruf eigentlich ganz gelegen: Man habe ihren Ehemann entführt, eine Million Lösegeld. Nur: Ursula hat gar keinen Ehemann. Doch ihr unstillbarer Hunger auf das Leben der anderen verbietet ihr, die Verwechslung aufzudecken. Sie entdeckt ihr kriminalistisches Talent, das sie in ein abstrus herrliches Abenteuer führt.

Krokodilstränen

Der Schauplatz: die Altstadt von Montevideo, mit düsteren Gassen und neugierigen Bewohnern. Der Coup: ein Überfall auf einen gepanzerten Geldtransporter. Die Besetzung: Germán, gescheiterter Entführer mit schwachen Nerven. Ursula López, resolute Hobbykriminelle mit unstillbarem Hunger. El Roto, der Kaputte, berüchtigter Verbrecherboss mit zu viel Selbstvertrauen. Doktor Antinucci, zwielichtiger Anwalt mit großen Plänen. Und schließlich Leonilda Lima, erfolglose Kommissarin mit einem letzten Rest von Glauben an die Gerechtigkeit.

»Rosende, eine gelernte Juristin, hat eine angenehm lakonische Art. Sie wechselt spielerisch Tempo, Tonlagen und Erzählperspektiven, ohne dass das je maniert wirkte. Von dieser Erzählerin läse man gerne mehr.« *Frankfurter Allgemeine Zeitung*

FEDERICO JEANMAIRE *Richtig hohe Absätze*
Die junge Su Nuam lebt in einem China, das ihr völlig fremd ist. Aufgewachsen in Buenos Aires, musste sie die Stadt und ihre Freunde eines Tages fluchtartig verlassen. Als sie wieder nach Argentinien reist, wird ihr Tagebuch zum Hüter eines dramatischen Geheimnisses – denn Su Nuam muss sich zwischen Rache und Gerechtigkeit entscheiden.

CLAUDIA PIÑEIRO *Elena weiß Bescheid*
Rita wird tot aufgefunden, erhängt im Glockenturm der Kirche. Doch Elena, die Mutter, kann oder will nicht an Selbstmord glauben. Trotz ihrer schweren Parkinson-Erkrankung begibt sie sich auf die Suche nach dem Geheimnis um Ritas Tod – und muss sich am Ende einer Wahrheit stellen, mit der sie nicht gerechnet hat.

RAÚL ARGEMÍ *Chamäleon Cacho*
Der Journalist Manuel Carraspique wacht nach einem schweren Verkehrsunfall im Krankenhaus auf. Als er seinen Zimmernachbarn nach und nach zum Reden bringt, kommt Haarsträubendes ans Licht. Immer wieder fällt der Name »Cacho« – ein Priester, ein Dealer, ein während der Diktatur gefürchteter General? Ein atemberaubendes Verwirrspiel nimmt seinen Lauf.

PABLO DE SANTIS *Die Übersetzung*
Rätselhaftes geschieht an einem Kongress, an den Miguel De Blast nur gefahren ist, um seine Jugendliebe Ana wieder zu treffen, die er an seinen Rivalen verloren hat. Erst werden Seehunde tot aufgefunden, dann mehrere Kongressteilnehmer. Miguel De Blast gerät auf die Spur eines uralten Fluchs und einer magischen, vergessenen Sprache.

Mehr über alle Bücher und Autoren auf *www.unionsverlag.com*

KUBA FÜRS HANDGEPÄCK *Geschichten und Berichte*
Leonardo Padura erforscht die Geheimnisse des besten Rums ·
José Miguel Sánchez mimt den perfekten Begleiter · Eva Kar-
nofsky lässt sich von den Verheißungen der Revolution treiben ·
Silvia Caunedo erläutert die Vielfalt der kubanischen Speise-
karte · Héctor Zumbado ist Zeuge einer lebhaften Schach-
partie · Dies und vieles mehr über Kuba …

BRASILIEN FÜRS HANDGEPÄCK *Geschichten und Berichte*
Lygia Fagundes Telles spürt Vorfreude auf den Karneval · João
Antônio nimmt mit Ahnengeistern Kontakt auf · John Updike
lässt Arm und Reich aufeinandertreffen · Stefan Zweig erliegt
der Schönheit Rio de Janeiros · Carmen Stephan zieht durch
die Baustellen Brasílias · Dies und vieles mehr über Brasilien …

MEXIKO FÜRS HANDGEPÄCK *Geschichten und Berichte*
Octavio Paz feiert Fiesta · Juan José Arreola wartet auf sei-
nen Zug · Egon Erwin Kisch weiß über Kakteen Bescheid ·
Pablo Neruda schlendert durch Mexikos Geschichte · Gabriel
Trujillo Muñoz geht in Tijuana auf den Spuren von William
Burroughs · B. Traven trifft auf einen gewieften Indianer · Dies
und vieles mehr über Mexiko …

KOLUMBIEN FÜRS HANDGEPÄCK *Geschichten und Berichte*
William S. Burroughs sucht in Kolumbien nach neuen Drogen ·
Leoluca Orlando fühlt sich sicher in Bogotá · Íngrid Betancourt
schreibt aus der grünen Hölle · Álvaro Mutis lauscht den Geschichten eines Abenteurers · Henri Charrière lebt sich bei den
Indianern ein · Ingolf Bruckner besucht ein Rodeo · Dies und
vieles mehr über Kolumbien …

RAJA ALEM *Das Halsband der Tauben*
In einer Gasse in Mekkas Altstadt wird eine unbekannte Tote gefunden, nackt, mit entstelltem Gesicht. Die Bewohner sind in Aufruhr, und allmählich kommen verborgene Geheimnisse an den Tag. Geschichte, Gegenwart und Fantasie vereinigen sich zum Lebensbild einer Stadt, die so in der Literatur noch nie beschrieben wurde.

FREDERIK HETMANN (HG.)
Wie Frauen die Welt erschufen
In dieser Anthologie hat Frederik Hetmann Geschichten und Gesänge von der großen Göttin aus vielen Kulturen und Kontinenten zusammengetragen. Sie sind ein faszinierender Lesestoff und auch eine eindrückliche Erinnerung an die Zeit, als die Natur noch als Quelle der menschlichen Existenz erlebt und verehrt wurde.

INGE SARGENT *Dämmerung über Birma*
Die junge Österreicherin Inge Sargent wird durch die Heirat mit Sao Kya Seng, Prinz eines birmesischen Bergstaates, unversehens zur »Himmelsprinzessin«. 1962 findet das Märchen ein grausames Ende: Sao Kya Seng wird nach dem Militärputsch verschleppt, Inge Sargent gelingt mit ihren beiden Töchtern die Flucht. In diesem Buch erzählt sie ihre Geschichte.

MAEVE BRENNAN *Tanz der Dienstmädchen*
Vornehme New Yorker wohnen in Herbert's Retreat. Hier beherrscht man die eisernen, aber unklaren Regeln einer exklusiven Gesellschaft und verfügt über die besten irischen Dienstmädchen. Aus deren Perspektive wirft Maeve Brennan einen Blick auf die noble Herrschaft, mit feinem Gespür für menschliche Schwächen, falsche Töne und eitle Gewissheiten.

Mehr über alle Bücher und Autoren auf *www.unionsverlag.com*

Frauen im Unionsverlag

Tᴀᴍᴛᴀ Mᴇʟᴀsᴄʜᴡɪʟɪ *Abzählen*

Mittwoch, Donnerstag, Freitag – drei aufregende Tage für Ninzo und Zknapi. Drei Tage, an denen die 13-jährigen Freundinnen nicht nur die üblichen Freuden und Leiden des Mädchenseins erleben, sondern auch erfahren, was es heißt, in einer gottverlassenen Konfliktzone zu leben, in der sonst bloß noch Kinder, Alte und Krüppel verblieben sind.

Cʟᴀɪʀᴇ Kᴇᴇɢᴀɴ *Das dritte Licht*

Ein kleines Mädchen wird zu entfernten Verwandten auf einer Farm im tiefsten Wexford gebracht, wo es den Sommer verbringen wird. Es ist ein ungewohnt schöner und behaglicher Ort. Aber es gibt auch ein trauriges Geheimnis, das einen Schatten auf die leuchtend leichten Tage wirft, in denen das Mädchen lernt, was Familie bedeuten kann.

Aʏşᴇ Kᴜʟɪɴ *Der schmale Pfad*

Die Journalistin Nevra Tuna steckt in einer privaten und beruflichen Krise. Ihre ganze Hoffnung setzt sie auf ein Interview mit der inhaftierten kurdischen Politikerin Zelha Bora, das ihre Karriere retten soll. Doch zwischen den beiden Frauen stehen nur Vorurteile und Vorwürfe. Dann entdecken sie: In ihrer Kindheit waren die beiden engste Freundinnen.

Cʟᴀᴜᴅɪᴀ Pɪñᴇɪʀᴏ *Ein wenig Glück*

Mary Lohan kehrt zurück in die Vergangenheit, aus der sie geflohen ist. Zwischen herbeigesehnten Begegnungen und erschütternden Enthüllungen versteht sie, dass das Leben weder reines Schicksal noch purer Zufall ist und dass ihre Rückkehr vielleicht so etwas wie ein wenig Glück bedeutet.

Mehr über alle Bücher und Autoren auf *www.unionsverlag.com*